Et je chante aujourd'hui les vivants

**Cet ouvrage a reçu le
Label**

[s

Délivré par l'association **Labyrinthe[s**, il garantit
aux lecteurs, aux libraires et aux bibliothécaires
de lecture publique que cet ouvrage satisfait
à un ensemble d'exigences concrètes
telles que l'orthotypographie et la mise en page.
Il signale également des qualités d'écriture : style
et originalité des thèmes ou de leurs traitements.
Si vous souhaitez en savoir plus sur le **Label [s**
et l'association **Labyrinthe[s,**
écrivez à info@ labyrinthes.net

Édition : BoD – Books on Demand,
12/14 rond-point des Champs-Élysées, 75008 Paris
Impression : BoD - Books on Demand, Norderstedt, Allemagne

Titre original : Et je chante aujourd'hui les vivants
Maquette, composition & mise en page :
Labyrinthe[s
ISBN :978-2-322401-23-9
Dépôt légal:janvier 2021
Copyright 2021 ©Tous droits réservés

Dominique Lebel

Et je chante aujourd'hui les vivants

« Un tout petit peuple, très pauvre et très doux »

Makhâli-Phâl, *Chant de Paix*, 1937.

« Je pense à ma mère qui vieillit. Je pense à ma petite chambre, au bureau que j'utilisais pour écrire, à mon armoire que j'ouvrais et fermais pour prendre mes livres, à ma chaise sur laquelle je m'asseyais… Je pense à ma famille, à mes amis, à tous mes proches… Je pense aux visages souriants, aux livres qui eux me souriaient, je pense à la soupe de courgettes aux petits poissons, je pense au fleuve, au ciel clair, à la douce brise du vent… Je me souviens de tout. »

Khun Srun, *L'accusé*

Prologue

Manuel m'a quittée et j'ai tué quelqu'un. Comme s'il n'y avait pas assez de morts.

C'était une très jeune femme, elle n'avait que vingt-cinq ans et je l'ai tuée sur une route encombrée d'automobiles, de vespas et d'autocars, sur laquelle j'étais moi-même passée un jour en voiture. Je ne conduisais pas à ce moment-là, j'avais un chauffeur engagé par l'agence de voyage, un homme souriant qui parlait quelques mots d'anglais. L'habitacle était climatisé, heureusement. À travers la vitre fermée, j'avais longtemps observé les villages que nous traversions, les semblants d'échoppes le long des trottoirs et les paysages plats que je devinais au loin − le vert pâle des rizières, le blanc des champs de lotus et le bleu du ciel au-dessus d'une coulée de brume.

Ce monde dont il sera question, si différent du mien et si lointain.

Celle que j'ai tuée ne m'avait rien fait, bien sûr. Elle ne s'en était pas prise à moi personnellement, ne m'avait pas trahie − Manuel, lui, l'avait fait. Elle n'était finalement pour rien dans ma décision et encore, s'agissait-il vraiment d'une décision ?

Je crois que c'est venu tout seul − une forme de nécessité. Il fallait bien que cette histoire se termine et si je dois à présent tout raconter, c'est qu'il existe toujours une explication, quoi qu'on dise. Une bonne raison de commettre des actes aussi définitifs, quelle que soit leur évidence, sur le moment.

Je ne sais pas trop par où commencer. Peut-être par ces deux corps allongés – l'un plus grand que l'autre – dans la tranquillité cotonneuse d'un milieu de journée. C'est la première image qui me vient. Deux corps pris dans le balancement de la toile tendue des hamacs et une fragilité ressentie, une menace de déséquilibre.

Comment se tenir immobile sur un lit suspendu ?

Et puis ces paroles échangées, de peu de poids. Les mots auraient pu aller se perdre vers le ciel, on dit que le son monte et se disperse dans les airs, avant de rejoindre les zones de silence. Mais il y avait ce toit de paille fait pour contenir l'ombre, je crois qu'il les a contraints eux aussi, les a empêchés de s'en aller.

— J'aime beaucoup cette couleur, a dit la première femme.

— Quelle couleur ? De quoi parlez-vous ?

— Je parle de votre rouge à lèvres, j'aime beaucoup. Il me rappelle vos danseuses, leur visage, leurs gestes.

— On dit qu'elles sont allées un jour chez vous avec notre vieux roi, vous êtes au courant ?

D'autres paroles ont suivi, à peine audibles celles-là car des conversations avaient commencé, tout près. Puis il y a eu un éclat de rire. De qui émanait ce rire ? On ne sait pas. Mais la torpeur de la cour s'en est trouvée bousculée, c'est sûr et quelque chose dans l'air a frissonné. Et puis… les pieds nus, en frottant la toile, ont fait se balancer les hamacs suspendus. Une femme qui sortait seule du restaurant s'est retournée, surprise. Ou amusée ou les deux. Son pas s'est ralenti, est devenu hésitant. Tandis que du côté des temples, les divinités anciennes à deux bras, quatre bras ainsi que quelques déesses terrestres aux seins ronds, trop éloignées de là pour entendre, poursuivaient leur existence immobile, les yeux à demi fermés, à peine entrouverts sur on ne sait quel monde.

Et puis il y a l'arbre, bien sûr et s'il existait encore aujourd'hui, je veux dire si son tronc s'élevait encore à peu près droit vers le ciel, alors on ne pourrait pas le rater. Ses racines... ses racines immenses comme des reptiles rampants, des bêtes tenaces. Ou des tentacules de pieuvre géante. Une exubérance des branches aussi, en montée ou en descente, on ne saurait pas dire. Une sorte de construction en allers-retours qui inviterait au doute et l'œil serait alors perdu.

On remarquerait une volonté en tout cas d'écraser la pierre – là-dessus on n'aurait aucune hésitation, un désir fou à l'intérieur de sa sève de faire exploser ce que les hommes ont construit et qu'il ne reste plus rien, plus rien de l'Histoire et des mythes qui traversent le temps, du Bouddha et du Roi lépreux, de tous ces souverains bâtisseurs de temples aux noms à coucher dehors. Et l'on resterait le nez collé au sol et à la base des murs. L'œil hypnotisé, surpris.

Au temps de sa splendeur, l'arbre ressemblait à s'y méprendre à d'autres arbres au bas d'autres murs, mais il était unique car il s'est trouvé au milieu de cette histoire.

C'est peut-être un hasard, sait-on pourquoi la végétation s'accroît à un endroit ou à un autre ?

Il suffirait pourtant de tracer un cercle à partir de lui, un cercle de plusieurs kilomètres, mais pas tant que cela et on les retrouverait tous, les uns après les autres et l'on peut parier que l'arbre les a vus arriver, s'arrêter et pleurer de bonheur, se courber, commettre des crimes inouïs, aimer à la folie, arracher les ongles des hommes pour les faire parler. Rire aussi, s'extasier en poussant des cris, se servir d'une arme, d'un appareil photo, rêver un moment, commencer à prier – tous ces actes qui n'avaient rien à voir entre eux, qui s'étaient dispersés dans le temps et dont il devait constituer le lien. Le témoin le plus sûr et le lien le plus étroit. Car il a tout vu.

C'est dire son importance, finalement.

Donc autour de l'arbre qui n'existe plus – ou à peine – se sont trouvés un jour Clara, Lucie, Paul Duchesnes, Tom, Annie, etc. La première portait une robe mauve transparente au soleil. Elle n'était pas jolie, le savait, s'en moquait un peu.

1923

C'est une chambre d'hôtel plutôt spacieuse, avec des volets en bois sombre, presque noirs. La robe mauve se trouve sur le dossier d'un fauteuil en cuir vieilli et l'on devine une certaine négligence, ou une fatigue − un geste rapide effectué la veille au soir pour se débarrasser du vêtement, l'oublier là jusqu'au lendemain et qu'on n'en parle plus, qu'il ne soit plus question de choisir une tenue ou une autre, de se demander à quoi l'on ressemble. Que le corps soit nu, peut-être. Nu et offert. La robe a été coupée dans une toile légère, elle se porte sans ceinture et c'est tant mieux, il fait si chaud dans ce pays.

— Des jours et des jours à étouffer, a dit Clara avec cet air snob qu'on lui connaît. Ils ont allumé des feux pour nous, on dirait.

Sur les dalles brillantes du sol – on croirait un monde passé à l'encaustique – se trouvent la cravate noire de l'écrivain, les chaussures à brides de Clara, une chemise blanche et un pantalon d'homme, blanc lui aussi. Une autre paire de chaussures, à lacets celles-là, une ceinture en cuir marron foncé, une valise ouverte. Quelques livres. Le soleil s'est levé et fabrique des rais de lumière contre les volets fermés, qui entrent et viennent zébrer la chambre, en compliquer la géométrie.

La chambre des amants, disent-ils tous deux en riant et pour se donner du courage. Car aujourd'hui est leur dernier jour d'innocence. Demain ils s'en iront piller les temples et l'on parlera longtemps de ce qu'ils ont fait. On écrira le déroulé des trois journées qu'il leur fallut pour arracher les princesses de pierre à leurs ruines familières et les déposer dans les coffres en bois de camphrier.

— Ce parfum ! dira encore Clara des années plus tard.

On déclarera qu'ils n'avaient pas le droit de voler ainsi des œuvres d'art, parce qu'une œuvre d'art est sacrée. Qu'ils étaient inconscients, que lui aurait pu ne jamais sortir de la prison où il fut enfermé.

Pilleurs de temples, dira-t-on d'eux, *espèces de pilleurs de temples*.

En entrant dans la chambre – elle se trouve au rez-de-chaussée de l'hôtel – la première chose qu'on remarque est la moustiquaire, ce volume blanc quasi parfait à l'intérieur duquel ils ont passé la nuit. L'écrivain dort encore, il n'est pas du matin, n'aime que les nuits, les nuits dans les villes. Clara, elle, vient de se réveiller et elle le regarde un instant, suit le mouvement régulier de sa respiration.

Un instant encore, quelques moments fabuleux de contemplation, elle l'aime tant.

Ses emportements et cette façon qu'il a d'avancer dans les rues comme on s'en va faire la guerre, ses yeux immenses et sombres, ses mains aux doigts de pianiste, toujours agitées. Une sarabande.

Et elle a une demande à faire à cet instant, une sorte de demande désespérée qu'elle lancera silencieusement vers le plafond, là où tournent les pales bruyantes du ventilateur. Elle le fera sur un ton léger qui dessinera quelques figures gracieuses dans sa tête – elle déteste les drames affichés, les paroles raides et définitives. Et cela commence comme une prière – une bouteille jetée à la mer, pensera-t-elle longtemps après, quand tout sera fini.

Que ces mailles…

Existe-t-il une chose plus stupide que l'espérance, en matière d'amour ?

Que ces mailles tissées serrées, plus serrées que dans le filet du pêcheur, que ces mailles qui ne laissent rien passer les retiennent collés l'un à l'autre.

C'est ainsi que la parole commence, la silencieuse car à haute voix ce serait impossible, tellement ridicule. Ces mots de femme le réveilleraient, lui, mais qu'est-ce qui vous prend ? dirait-il en secouant le drap. Mais qu'avez-vous de bon matin, et quelle heure est-il ? On croirait encore la nuit.

Et que ce soit leur monde, à eux. Un monde protégé du reste, des autres, de leurs bruits de leurs paroles. Un monde à soi, une chambre à soi, est-ce si difficile ?

— Vous êtes réveillée, on dirait. Laissez-moi dormir.

Et qu'ainsi enfermé dans ces filets qui les entourent tous deux, jamais il ne s'échappe et ne s'éloigne d'elle. Que les moustiques viennent se casser les ailes contre ce qui les protège, cette muraille d'amour ainsi construite durant la nuit, infranchissable. Que ces satanées bestioles renoncent à toute intrusion après quelques premiers affolements, qu'elles battent en retraite avec leur bruit insupportable et qu'on ne les dérange pas, qu'on les laisse longtemps l'un contre l'autre à demi nus, jambes emmêlées, encore saisis par les rêves.

Ou que le jour qui se lève à peine s'en aille se faire voir ailleurs, que ce soit encore la nuit, une nuit bien noire.

— Ce ventilateur fait un bruit d'enfer, il faudrait l'arrêter.

Que tout cela se fasse, s'il vous plaît.

— Quitte-le, a dit la tante de Clara. Tu as vu de quoi il a l'air, avec ce teint pâle qu'il a ? On dirait un mal blanc.

— Je vous marie et vous serez heureux, a déclaré le maire. Car vous êtes très jeunes.

— D'où vient-il déjà, ce mari que tu t'es choisi ? De Bondy ? Mais où se trouve donc Bondy ? Est-ce que des lieux pareils existent vraiment, est-ce qu'il est possible d'y vivre ?

Le jour du mariage, le très jeune écrivain a souri au maire puis a tourné son regard vers la fenêtre haute, là où passaient des nuages noirs.

— Un autre jour nous nous marierons aussi dans une église ou une synagogue ou un temple ou une mosquée, a-t-il dit à Clara. Nous choisirons le lieu le plus beau. C'est important, la beauté.

Demain, un guide et deux chevaux les attendront et ils s'enfonceront dans la jungle, vers le Nord. Là où se trouve l'arbre mais Clara n'aura pas un regard pour lui, les arbres tordus ne l'intéressent pas, la végétation l'ennuie. Demain, les singes pousseront leurs cris les plus aigus à leur approche et l'écrivain maudira les araignées cachées entre les pierres écroulées.

— On croirait le Trianon ! s'écriera Clara en découvrant les ruines du temple dans un trou de végétation noircie par l'humidité.

Pour l'instant la chambre se trouve encore à demi plongée dans la pénombre et au moment exact où Clara se lève en soulevant la moustiquaire, il se passe ces choses dans la forêt noire d'humidité, à plusieurs kilomètres de là.

Ce sont les yeux qui regardent, un fourmillement de regards derrière les feuilles, dans l'obscurité végétale. Une vie sauvage depuis toujours éveillée, jamais en repos. Un pangolin s'en va fouiller les termitières et les excréments des éléphants, de loin on croirait un rat revêtu d'une armure de chevalier. Il avance lentement, se méfie. Sait-il déjà qu'un jour il sera exterminé, comme ceux du même sang que Clara ?

— Essayez donc d'être moins Juive, de temps en temps, a dit l'écrivain à celle qu'il vient d'épouser.

Elle a haussé les épaules, s'est détournée. Elle sait faire cela, éviter les pièges, les paroles qui tuent.

Dans le jour naissant, la vie grouille à l'intérieur de la jungle, c'est encore la saison sèche et les gibbons, les panthères et les éléphants qui s'en vont vers les lacs font figure de géants, tandis que les petits singes suspendus aux branches pleurent de se voir encore si poilus, quand Bouddha leur avait promis de faire d'eux des hommes.

Ensuite, dans la chambre, des volets s'ouvrent à moitié. Clara s'est levée, a voulu voir le jour. Puis un corps, enroulé dans le drap comme une momie fraîchement embaumée, bouge à l'intérieur de la moustiquaire. Une main très fine apparaît, s'agite. Elle voudrait attraper Clara.

— Venez me rejoindre, dit l'écrivain.

Alors elle s'approche, soulève la toile blanche et se penche vers l'homme qu'elle aime, tandis que le monde s'éclaire, comme chaque fois qu'il la prend dans ses bras.

C'est à peu près ainsi que les choses se sont passées. On peut ajouter le bruit d'une courte averse, improbable en cette saison sèche.

— Je crois qu'ils appellent cela *la pluie des mangues*, murmure Clara.

Renseignements pris, l'arbre est un *Tetrameles nutiflora*. Il est plutôt solitaire, fait son affaire tout seul. Il peut monter haut dans le ciel et résiste mal aux feux de forêt. Certains le trouvent très beau, quand ils lèvent la tête. Le feuillage moussu leur plaît. Vers le bas, c'est une autre histoire.

L'arbre gardera de cette aventure − trois jours d'efforts seulement, mais il mesure mal le temps − le souvenir de deux silhouettes juvéniles, plutôt maigres, d'un parfum de grand couturier que portait la jeune femme en dépit de la chaleur, de son chapeau de paille et de l'odeur de bâtons de chanvre de son jeune époux, cet illuminé. Il se demandera ce qui leur a pris à ces deux-là, de faire un tel voyage pour aller voler des pierres, on doit être si bien à Paris. Lui, aimerait s'extirper un jour de ce petit temple en ruines, échapper aux lents défilés des fourmis noires et s'en aller dans une très longue caisse en bois de camphrier, comme les princesses de pierre aux seins si parfaits, aux oreilles déformées par des boucles trop lourdes.

Il se souvient de l'odeur des coffres, qui l'a transporté.

Et il voudrait prendre un train, un bateau, aller rejoindre des pays où il existe un printemps, un hiver glacé, où la neige tombe sur les canopées, les fait se ployer en un joli mouvement d'abandon à la pesanteur. Ici rien ne change, sinon la succession des saisons sèches et humides. Le voilà accroché à la pierre et si les derniers murs encore debout s'effondrent un jour, alors il aura beau faire, il tombera avec eux dans un grand fracas. Son tronc se fendra dans une longue plainte et ses branches feront un éventail désastreux dans le paysage. On dira qu'il est en ruines, lui aussi et qu'il ne vaut pas le coup, vraiment pas. D'ailleurs on laissera les herbes hautes cacher le désordre incroyable de l'écroulement et les araignées géantes viendront tendre leurs fils entre les vestiges − branches fracassées, feuilles pourries et fragments sans forme de ce qui fut jadis des colonnades.

Alors tous les insectes s'installeront à demeure.

Une autre chose : au terme d'une longue équipée à cheval, quand Clara se fut enfin approchée du petit temple convoité à demi écroulé, mains en avant comme une aveugle, l'arbre la vit caresser la pierre rose comme on caresse un chat, très lentement − l'écrivain adorait les chats, Clara les supportait par amour pour cet homme mais l'arbre ne savait pas cela, il n'était pas au courant de tout et dans son pays, c'étaient les chiens qui couraient dans les rues, sortaient des maisons où l'on ne voulait pas d'eux. L'arbre connaissait les singes, les chiens affamés et les chauves-souris qui volent vers les rizières à la tombée du jour.

— Tu es incroyable, il faut toujours que tu touches à tout, disait la mère de Clara.

Alors la jeune femme palpa la surface rugueuse et l'arbre s'en amusa, ces mains blanches de Parisienne très chic sur ces pierres vieilles de tant de siècles, ces pierres crasseuses. Mais elle ne l'approcha pas, lui. L'avait-elle seulement aperçu un instant, ou même vaguement deviné à l'intérieur de son champ de vision ? On l'ignore. Et puis il y eut ce bruit confus de pas qui bousculèrent les lianes les plus basses, un clapotis de chaussures dans la terre boueuse, comme une succion.

— Il y a quelqu'un là-bas, dit Clara. Quelqu'un nous a vus.

Ensuite le silence revint, ce silence si particulier qui précédait le retour des oiseaux et l'éveil des singes.

Cette histoire de silence… Ce n'est pas que les arbres ne parlent pas, c'est qu'ils ne le font pas souvent. C'est aussi qu'alors il faut les entendre. Coller son oreille à leurs racines, leur tronc et attendre. Être patient. Et les vénérer un minimum, quand on les dit sacrés.

Je suis l'arbre qui marche − le figuier étrangleur, pour être exact. Je suis vieux de mille ans, dit-on et mon tronc ne se lasse pas de monter. Il se ploie légèrement pour tenir, ne pas se rompre et se plaque à la pierre pour assurer ses prises. Je suis l'arbre du Temple de Shiva, Seigneur des trois mondes et j'ai posé mes pattes les plus longues sur le décor des murs. Des pattes tordues il est vrai, je ne vais pas mentir. Des griffes géantes comme autant de complications dans le paysage, une agression pour le regard, si j'en crois ce que certains disent. Des invraisemblances pour impressionner, sans doute conçues ailleurs, dans l'au-delà.

Il paraît qu'il existe quelques plans secrets là-haut, qui nous dépassent.

Je suis le plus vieux gardien du temple, honoré par les hommes, les araignées et les geckos avaleurs de moustiques. Que Yama garde en enfer ces satanés insectes piqueurs, qui se multiplient et s'en vont pondre dans l'eau des flaques ! Qu'il les offre en pâture aux esprits affamés des morts et qu'on n'en parle plus, qu'on ne garde que les oiseaux, les libellules et les papillons.

Ce jeune écrivain est resté trois jours et n'a pas fait attention à moi, c'est un fanfaron. Il s'imagine qu'il gagnera cinq cent mille francs en vendant les trois princesses à Paris ou à Londres, il se trompe et son guide le sait. Cet homme ne dit rien, il fait son métier, il faut bien vivre. Il sait comme moi que seules la terre et l'eau sont éternelles et valent quelque chose. Que tout le reste est de l'esbrouffe, du vent, de la poudre aux yeux. Même ces figures sculptées, ces murs dressés une pierre au-dessus de l'autre, sans ciment. Mais qu'importe, il existe des choses plus graves, d'autres plus merveilleuses et je les connais. Je sais les danses des dieux du début du monde, j'entends encore la musique qui les accompagne – cymbales et carillons. Je connais l'histoire de Mayrena le roi des Sedangs, dont les pieds ont été percés par des pointes de bambou empoisonnées, celle du prisonnier attaché debout, éventré, si lentement éventré parce qu'il fallait que cela dure et qu'il assiste au spectacle de ses viscères mis à nu. J'ai connu l'âge noir du pays, j'ai entendu les cris déchirants des hommes, j'ai assisté à mille supplices et à mille fêtes. Un arbre ne lance pas ses paroles en l'air mais il n'est pas sourd. Et quand les hurlements et les cris de joie cessaient, quand la musique s'éteignait, qu'on n'entendait pas même un gémissement venu du fond de la gorge, pas même un soupir d'aise, alors les singes riaient, suspendus aux branches.

Dans ces conditions, ce jeune homme pâle si agité, si affolé à la vue d'une araignée, et son épouse... mais elle semble très amoureuse et je crois qu'il faut aimer au moins une fois dans une vie, quand la vie est si courte. Aimer à la folie, s'offrir, quand l'existence est réduite à un feu de paille. Ma vie à moi est sûrement trop longue, trop difficilement mesurable pour que je me soucie de ces sentiments-là. Quoique. Lorsque nos branches à nous se rejoignent à force de s'étendre et que nos feuilles s'entremêlent, quand nous formons à deux, à plusieurs comme un toit, une protection pour la pierre... il faudra qu'on m'explique, qu'on me dise si l'on peut parler d'amour, en ce qui nous concerne.

1930

Les récoltes du pays ont été bonnes mais elles ne se vendent pas. Le poisson pêché dans les lacs non plus, ni les bois précieux. Les paysans, les pêcheurs retrouvent leur misère coutumière, des bandes armées guettent les voyageurs, les rançonnent et les tuent. Ils attaquent les autocars, les automobiles qui s'aventurent sur les routes du Nord, massacrent les conducteurs et les passagers. L'arbre n'est pas surpris, il connaît les débordements des hommes quand ils ont faim. Au fond il s'en moque un peu.

Ce qu'il ignore en tout cas, à l'endroit où il se trouve, c'est l'importance qui sera accordée à l'écrivain cette année-là, à des milliers de kilomètres de lui. Les honneurs auxquels il aura droit, tout jeune encore. Pas si loin de l'arbre à vol d'oiseau, quelqu'un pourrait parler de cette soudaine notoriété – une silhouette très confuse d'abord, un homme sans doute si l'on s'approche, une sorte d'homme. Un être en piteux état quelque part dans la jungle, blessé comme un animal pris au piège. Attaché à une masse sombre difficile à identifier, le corps entravé par des courroies en cuir, la peau arrachée.

C'est ce qu'on voit d'abord, c'est la première image. Un objet géant peu reconnaissable dans l'obscurité de la case et un corps qui bouge, tout près.

— Une meule, dira l'homme avec ce qui lui reste de voix – il faudra prêter l'oreille. L'engin peut se déclencher et broyer mes chairs, mes os, si j'avance. C'est tout ce qu'ils ont trouvé.

Puis il ajoutera qu'on peut bien faire attention à lui, ne serait-ce qu'un moment. S'arrêter à ce moment de l'histoire et l'écouter.

— J'ai contribué au succès de l'écrivain, non ?

On n'osera pas le contredire, tant son désespoir semble grand, et sa souffrance. Mais on ne s'apitoiera pas non plus car toute forme de compassion l'énerverait, le renverrait à ce qu'il a voulu fuir sa vie durant – la faiblesse et la soumission, les plaintes. Les hésitations et les peurs.

— Je suis un héros ! Mais on n'est pas obligé de me connaître, il faut avoir lu le roman et on ne peut pas tout lire, il y a tant de livres.

Puis il tirera de toutes ses forces sur les liens qui cisaillent sa peau. Alors une clochette retentira, dans le silence de la case où son corps de jour en jour s'affaiblit.

— Ding dong. Si je bouge on l'entend, c'est l'idée.

À des kilomètres de l'arbre – mais comment calculer les distances dans cette confusion végétale ? disons à dix heures de marche, de l'autre côté des montagnes, là où les moustiques dessinent des escadrilles assourdissantes, les feuilles sont noires et gorgées d'eau, par instants séparées par une ligne de lumière très fragile et qui disparaît aussitôt. En dépit de ses racines plutôt monstrueuses, de cette allure sauvage qu'on lui prête, l'arbre s'y sentirait mal. Il ne s'y reconnaîtrait pas, crierait à l'enfer, se trouverait plutôt joli en comparaison, et presque délicat. Il ferait la fine bouche et conseillerait à quiconque s'approcherait des lieux de s'en aller.

Mais qui aurait envie de mettre un pied sur les terres des Moïs, cachées quelque part sur la route sacrée des rois ?

L'homme qui se trouve là voudrait s'enfuir, bien sûr mais ses liens ont des nœuds très serrés. Et cette clochette qui tinte à chacun de ses mouvements, ce son infernal. Parfois il bouge très légèrement à l'intérieur de la case, se penche à peine en avant, les cordes le retiennent et déchirent un peu plus sa peau, la clochette fait son bruit insupportable. Il est prisonnier des sauvages armés de lances et de fléchettes empoisonnées que recèle la jungle dans ses régions les plus noires, de leurs femmes aux petits seins qui tombent et qu'il a trouvées plutôt moches, quand il y voyait encore.

— Elles ont compris, il y a des regards d'homme qui ne trompent pas. Une laide sait ce qu'on pense d'elle.

Il ne sait plus le nom que l'écrivain lui a donné, il l'a oublié et se dit que cela n'a plus d'importance, à quoi sert un nom de personnage quand on se retrouve attaché à une meule comme une bête qu'on va sacrifier et que l'on prend l'odeur du sang ? Il ne sait même plus comment il s'est retrouvé là, prisonnier.

— Les Moïs m'ont capturé avec leurs filets. J'ai un peu oublié, c'est confus.

Il a oublié aussi ses projets insensés et ses trafics, tout l'argent qu'il pensait à sa portée, orgueilleux comme il l'était. Il n'a plus pour lui que ce petit bout de vie qui lui fait encore tendre à peine les bras, bouger légèrement un pied, une main.

— Je n'y vois plus rien mais on dirait une meule, n'est-ce pas ? Ils m'ont collé à une meule, ces malades. Ils m'ont arraché l'œil aussi et c'était long, ça n'est pas venu tout de suite. C'était l'œil gauche, le droit je ne l'avais déjà plus. Une mauvaise blague, qui m'avait plu. On m'appelait *le borgne*, avant.

— Avant quoi ?

— Laissez, ce n'est pas mon histoire que l'écrivain raconte, c'est celle de l'homme qui me cherche, l'Allemand. Il était mon ami et c'est de lui qu'il est question, moi je ne suis pas si important, je n'arrive qu'à la fin du livre, dans la dernière partie. On me cherchait, on me trouve et ce n'est pas beau à voir, c'est à vomir. Il paraît que le roman vient de sortir, vous en êtes sûr ? 1930, c'est la date ? Alors on peut savoir ce qui est arrivé à mon ami... mais je crois que ça m'est bien égal, à présent. Je ne lui veux pas de mal, mais quelle importance ? L'amitié, l'amour, dans l'état où je me trouve... Oubliez-moi donc ou si vous voulez, retenez seulement ce qu'ils ont fait de mon œil, ensuite. Mon œil et les chiens, tout ce bazar.

Pour retrouver cet homme réduit à l'état de fantôme – un fantôme noir de crasse et odorant, car de son corps émane une odeur pestilentielle – il faut s'engager dans le territoire interdit de cette tribu sauvage et chercher la clairière, cette vaste trouée dans l'obscurité de la jungle. On pourrait se perdre dans la végétation et errer des mois sans résultat, parce qu'on aura avancé dans la mauvaise direction, mais il s'agit d'un roman. Alors on s'y retrouve, forcément. Il faut repérer à la fin du parcours une touffe de bananiers sauvages, un portail fait de branches assemblées – le rempart du village des Moïs. Puis il y a ce crâne de gaur géant, ces deux cornes qui luisent au soleil. Des cases aux toits de paille, des pieux enfoncés dans la terre, une veste accrochée à l'un de ces pieux et qu'on aperçoit de loin. C'est celle de celui qui est attaché, disons la veste blanche de G.

Maurice G. ou Etienne G. ou Marc G., pourquoi pas ? L'écrivain n'a pas pensé au prénom de l'homme qui ne voit plus rien et ne distingue plus que le souvenir de ce qu'il fut, peut-être celui de quelques femmes.

— J'aimais bien qu'une fille m'attache… oui, j'aimais bien ça. Ironie du sort, la vie s'amuse, parfois.

La veste blanche accrochée à l'un des pieux date de sa vie d'avant, de son orgueil d'aventurier, des nuits passées avec ces femmes qui s'offraient à lui pour quelques dollars.

— Des nuits violentes, souvent. On ne se refait pas.

L'homme aveugle se souvient-il seulement de celui qui le cherche ?

— Quelques vagues images, des impressions. Mon ami souffrait à cause d'une seule femme, elle s'appelait Sarah, elle le hantait. Quel idiot ! Moi je les ai aimées toutes, je ne risquais rien. Maintenant…

Il a ce soubresaut soudain, ce tremblement convulsif des épaules, puis sa tête retombe. Il ne bouge plus, la clochette se tait, on croit qu'il dort.

Ensuite, dans un salon parisien au haut plafond où règne une ambiance feutrée, sous la lumière d'un lustre en cristal, on décerne un prix au roman de l'écrivain. C'est un prix qu'on inaugure exprès pour lui et il en est fier. Il s'est offert un *nouveau* costume, serre des mains, allume une cigarette, répond à ceux qui lui parlent. Clara l'a accompagné, elle s'amuse de tout ce cérémonial.

— Cette aventure personnelle dont vous vous êtes inspiré, lui dit-on…

— C'est une très vague inspiration, l'essentiel est ailleurs, dans l'absurdité des choses. Celle de la mort, surtout. Seules les odeurs sont réelles dans ce que j'ai pu écrire, et l'humidité brûlante.

Clara approuve. Lui, remet sa mèche en place de sa main libre, souffle un nuage de fumée et renverse la tête en arrière, se prend pour le roi du monde. Les articles de presse dithyrambiques ont effacé d'un coup l'épicerie familiale dont il est si peu fier, le canal de l'Ourcq qui sent la marée et marque son vrai territoire, le nom même de Bondy où il est né et tous les faubourgs de Paris, toutes les brimades d'enfant plutôt pauvre, les frustrations de l'homme venu au monde là où il ne faut pas. Il ne reste plus que le quartier huppé de Clara dans lequel ils vivent désormais, les peintres dont on parle du côté de Montparnasse et qu'il connaît, quelques poètes en vogue qui l'apprécient, le trouvent intéressant. Et Clara porte ce jour-là une robe neuve serrée à la taille par un cordon. Une robe gris pâle de Poiret, facile à défaire, d'un geste.

1971

Cela se passe beaucoup plus tard, bien après les premiers succès littéraires de l'écrivain, qui un jour abandonna Clara – mais s'il n'avait pas rencontré cette femme, disait-elle, c'en aurait été une autre, il n'a aimé que moi.

— Bien sûr, comment pouvait-il m'oublier ? Je lui ai montré la vie telle qu'elle peut être et nous avons tant parlé, tant marché dans les villes que nous traversions. Nous avons tant voyagé, nous nous sommes aimés dans toutes les chambres d'hôtel du monde, sur tous les lits où nous nous sommes allongés.

Les années ont emporté le pays des danseuses aux gestes gracieux dans les agitations et les dérives les plus folles. Il faut croire que l'Histoire aime sortir des clous et faire n'importe quoi, il faut croire que c'est là sa vocation profonde et qu'on ne lui accorde sa majuscule qu'à ce prix.

Est-ce ainsi que les hommes vivent, est-ce ainsi ?

Les danseuses sont restées là, avec leur eurythmie antique, ce mouvement si juste qu'elles font et qui se moque des actes des hommes. Quelques-unes sont mortes, tuées sous les explosions et ont été remplacées. Un roi est parti, un autre a pris sa place au Palais et les terres autrefois plutôt paisibles d'apparence ont tremblé sous le bruit des bombes. Cela se passe au milieu de cette tourmente, à sept kilomètres de l'arbre, près du marché aux fleurs et aux bimbeloteries de la ville. C'est là que se trouve la seconde prison du pays, pleine à craquer de corps entravés car c'est la guerre, à nouveau. Toujours la guerre, qui sans cesse recommence tandis que sur les estrades les corps continuent à danser avec leurs ondulations de serpents, genoux levés, doigts écartés.

— Il y eut le royaume d'Annam et cela ne suffisait pas. Il y eut les hommes jetés du haut des falaises, encore vivants. Et les bombes lancées sur la ville et à présent ils combattent entre eux, c'est à croire que la paix les ennuie, qu'elle les dérange.

Pourtant les plaines s'étalent à l'infini et les rizières, les palmiers à sucre et la pêche à la senne du côté de la mer... ceux qui s'entretuent sans plus savoir pourquoi, entre cousins, voisins, maîtres et élèves, ceux-là ne regardent plus les plaines. Ni le soleil qui se couche au fond des étendues vertes, ni les perles d'argent qui remuent un peu, quand le regard s'en va plus loin.

Les murs de la prison sont gris, les blocs de parpaings ont été soudés au ciment et n'ont jamais été peints. Ils s'opposent au chatoiement invraisemblable des étals, deux rues plus loin. Ce sont deux mondes qui s'obstinent à s'ignorer afin que la terre tourne rond, disent-ils, qu'elle poursuive sa rotation en dépit des événements. Il suffit d'une bonne séparation, le malheur contre l'insouciance − sous les pilotis des maisons, visibles depuis les routes dès qu'on sort de la ville, les corps libres allongés se tiennent immobiles sur les hamacs, dans la douce pénombre des cours et s'ils bougent parfois, c'est en de lents mouvements très indolents. Alors ils se balancent et l'on croirait à les voir qu'il ne se passe jamais rien dans ce pays. Ou que le temps s'est arrêté, à certains endroits. Tandis qu'à l'intérieur des hauts murs de ce qui fut autrefois un lycée, de petits hommes frappent leur tête contre les parois humides tachées de mérules couleur de rouille, se blessent le front et prient pour que tout cesse : le décompte des jours, la faim, la peur des interrogatoires dont ils entendent le bruit abominable, à certaines heures. Et Tom – c'est de lui qu'il s'agit – est un petit homme, un être très myope d'un mètre soixante aux hanches étroites et son front porte la marque de ses égarements, de sa détresse. Une ligne rouge, boursouflée, qui court d'une tempe à l'autre. Avec au-dessus de cette ligne une chevelure serrée, très noire. Les ancêtres de Tom étaient des commerçants chinois, ils lui ont légué cette peau claire qui frappe au premier regard et le distingue des autres. Un jour il lui viendra à l'idée de couvrir son visage de terre humide pour la foncer et qu'on le laisse tranquille. Parce qu'il se méfiera de ceux qui l'entourent.

À sept kilomètres de l'arbre – parlez-lui du temple rose et des racines géantes qui enserrent les murs, il vous dira qu'il connaît cet endroit comme sa poche – Tom attend d'être libéré. On l'a déjà interrogé une fois mais on ne l'a pas blessé, non, on ne l'a pas frappé aux jambes, aux épaules, on s'est contenté de l'impressionner, de faire monter en lui cette terreur qui les prend tous, passé le couloir qui mène à ce qu'on appelle *le bureau*.

— Toi, tu es un poète, on te connaît, lui a-t-on dit cette fois-là. Les poètes comme toi, on les respecte. On leur fait une fleur, si tu veux comprendre. Mais fais attention à toi. On aime bien les épiciers aussi, ils sont nécessaires. Ta mère était épicière, non ?

Tom a hoché la tête pour montrer que c'était exact, dans l'épicerie il jouait avec ses sœurs quand il était enfant, se cachait dans la réserve pour les effrayer et chapardait du sucre de canne en plongeant ses doigts dans les grands sacs en toile de jute. Face à celui qui l'interrogeait, il a aussi tremblé de tous ses membres, est devenu un oiseau pris par un chasseur- un pigeon ramier, une grive. Il a répondu aux questions, en s'appliquant.

— Et qui t'a mis ces folies dans la tête, qui ?

— Il existe des livres… j'ai lu nos poètes, Chou Tani et Koy Sarun. Des Français aussi. J'ai contemplé mille fois mon pays, cette pauvreté. On se tue au travail pour presque rien, du côté du fleuve et j'ai cru…

— Tu as cru à la lune, tu es un imbécile. Tais-toi, tu parles trop. Et arrête de trembler, c'est agaçant. On ne t'a rien fait encore.

Un homme posté dans un angle de la pièce s'est approché de Tom et l'a giflé. Il connaissait le visage de cet homme. Les lunettes cerclées de métal du poète sont tombées, puis une douleur venue d'un autre monde lui a transpercé le dos, il a hurlé. Le coup était parti sans prévenir.

L'homme a écrasé les verres avec ses semelles en caoutchouc, les montures métalliques, trop fines pour résister, ont dessiné une drôle de figure, quelque chose d'incompréhensible et le monde est devenu flou autour de Tom. Les lignes se sont faites imprécises et vacillantes, le haut et le bas se sont confondus et rien n'a plus eu de sens.

On l'a traîné jusque dans sa cellule, la porte s'est refermée dans un bruit insupportable que depuis le fond de sa souffrance il a reconnu. Le bruit que font l'enfermement et la fuite des illusions, parties très loin de lui. Un myope privé de ses verres ne peut plus rien apercevoir, à cette distance. Pas même les idées qui le portaient.

— De quoi parles-tu ? de la justice ? Mais elle n'existe pas, la justice.

Tom a vingt-six ans et de temps en temps − pas tout le temps − il écrit des poèmes. La plupart ont paru dans la presse, ont eu un grand succès. Mais il rêve d'autre chose que de gloire. Il rêve d'une révolution, a aperçu dans les livres des autres ce qu'il prend pour le bonheur des hommes.

— Un coup d'état, disait-il il y a encore trois mois, quand il était libre, ce n'est pas la révolution. C'est minable et ça n'a rien à voir, qu'est-ce qu'ils croient ?

Alors on l'a enfermé. Il comptera les heures quand il sortira, quatre mille six cent soixante-six heures entre ces quatre murs.

Il existe une photographie qui le montre quelques mois après sa libération. Il apparaît sans lunettes, sans doute a-t-il définitivement renoncé à regarder le monde avec précision. Il tient son premier enfant sur son bras gauche, un petit garçon au poing fermé, au regard inquiet. Une autre version de la Vierge à l'enfant des églises, avec un père très triste, très fatigué et un enfant qui craint de tomber parce que la main qui le tient l'aura lâché. Tout près d'eux se tient une femme au ventre à peine rebondi, au regard noir et en même temps étonné. Aucun des trois ne sourit mais sans doute est-ce là une exigence du photographe, qui les a fait poser devant un rideau sombre − noir peut-être, ou marron ou gris. Tom voulait un monde meilleur et ces hommes l'ont enfermé parce qu'il se trompait, la vie et les livres ce n'est pas pareil.

— La vie et la poésie… un jour j'écrirai de quoi changer le monde. Parce que le monde changera un jour, vous verrez.

La nuit est tombée d'un coup, comme d'habitude. Derrière les barreaux de la cellule, la lune s'arrondit, elle sera tout à l'heure un ballon de football. Tom la redessine d'un doigt, tente de définir une circonférence à peu près cohérente, mais son regard myope l'en empêche. Les contours lui échappent, s'agitent, s'effacent et c'est plutôt désespérant, ce refus. Il sera bientôt sept heures et il entendra comme chaque soir les prières des détenus, ce chant lancinant des hommes qui ne viendra pas de la pagode d'Onnalom ni de celle de Saravan, non. Mais Tom ne prie pas, il dit avoir oublié, c'est faux mais il le dit. Il dit aussi se souvenir des pièges qu'il posait enfant dans les fossés des rivières, pour attraper les poissons têtes-de-serpent, dévoreurs de grenouilles. Il ajoute dans un murmure qu'il lui arrivait parfois − mais c'est un souvenir très lointain, confus − de faire ses offrandes aux ancêtres, dans la pagode.

— Deux billets de banque pliés en forme de fleur, devant les genoux du bonze. Ou alors j'ai rêvé.

Il dit vouloir parfois s'en aller très loin et ce n'est pas une histoire d'évasion, non. C'est une histoire de *déménagement*, plutôt. Le mot l'amuse, il n'en a pas trouvé d'autre. Il dit *je voudrais déménager*, personne ne parle ainsi dans ce pays, aucun poète, aucun ouvrier, aucun paysan des rizières, pas même le gardien de cette prison qui parfois s'attarde auprès de lui, lui confie sa lassitude.

Tom voudrait transporter son pays avec ses plaines, son fleuve et ses montagnes, emmener aussi son père et sa mère et la femme qu'il a choisie et l'enfant qu'il lui a fait, il voudrait prendre ses livres et ses crayons, ses souvenirs d'enfance au bord du lac et dans le temple, mettre tout cela en cartons bien fermés et s'en aller. Partir ailleurs, en France au Japon, dans une île du Pacifique, en Italie auprès d'un volcan et il jetterait dans le feu du cratère tout ce contre quoi il s'élève et qui l'encombre – l'injustice d'abord, bien sûr l'injustice, c'est le mot qui lui vient en premier, le terme inévitable aussitôt convoqué. Si raide, cent fois mille fois dénoncé et il semble qu'il n'y ait rien à faire. Mais parfois le mot même le lasse et il se demande s'il croit vraiment à ce qu'il a pu dire et écrire, aux discours qui l'ont conduit dans cette prison. Il se demande si tout cela est bien sérieux, si un tel déménagement ne ferait pas rire autour de lui.

Nous sommes dimanche, Tom compte les jours de la semaine en se fiant à la lumière et à la nuit et il déteste par-dessus tout ce jour-là, qui revient. Il l'offrirait volontiers au gardien, aux autres détenus, ceux qui crient qu'on les fasse sortir, depuis le bâtiment voisin – des voleurs, des voyous, a expliqué le gardien. Ils n'ont que ce qu'ils méritent. Toi, tu es un poète, je le sais et c'est différent. Tu sais écrire, on dit que tes livres sont beaux mais je ne lis pas, moi. J'ai appris mais j'oublie, à vivre ici dans les couloirs.

Faire don d'un dimanche en prison…

Tom leur dirait à tous voilà, prenez ce jour et faites le décompte de ses heures, c'est un cadeau. C'est le jour que les hommes libres préfèrent, souvenez-vous. Le jour des promenades au bord de l'eau, du feu allumé pour y faire cuire la viande, des filets tendus au fond du lac, c'est un jour à vouloir tuer ceux qui sont heureux. Le dimanche, Tom pourrait en parler des heures en pleurant, avec Bunny ils se levaient plus tard, faisaient l'amour jusqu'à ce que le soleil soit assez haut dans le ciel. Le corps si doux de Bunny est ce que Tom préfère, dans tout ce qu'il a pu posséder. Ici, il n'a plus rien à lui, juste son propre corps rétif à toute caresse – il a essayé les yeux fermés et l'âme couverte de honte, y a renoncé – et ses souvenirs lui échappent, parfois. La voix aiguë de Bunny, qui montait d'une octave dès qu'elle s'enthousiasmait pour quelque chose, sa façon de s'asseoir le dos très droit sur ses talons, d'incliner la tête pour mieux entendre. Leurs silences. Ici il n'y a jamais de silence, même la nuit. À chaque instant quelqu'un frappe les murs ou crie et Tom n'arrive plus à dormir.

— Tu n'es pas là pour paresser, dit le gardien. Si tu crois que les autres dorment. Moi-même j'ai des insomnies, en ce moment.

Alors la nuit, sa peau le brûle et il la gratte lentement − les jambes d'abord, le dessus des pieds − avec sa pièce de monnaie, son riel ou son dollar américain, il est difficile de le savoir. Son unique trésor en tout cas, gardé au fond d'une poche et qui devient brûlant quand il le touche. Dans ce rituel stupide, Tom se sent encore exister, il sent encore sa main libre de maltraiter son corps, d'y laisser s'imprimer des traces.

— La cérémonie du dimanche, dit-il tout haut, comme si quelqu'un pouvait l'entendre.

Et même le dimanche, il arrive encore que des avions venus d'Amérique lâchent les bombes sur les forêts. Elles ne sont pas si loin, depuis sa cellule Tom peut entendre le vacarme que cela fait, la guerre quand les autres s'en mêlent.

— Mon cousin qui venait déjeuner chez nous est devenu mon ennemi, dit Tom. C'est lui qui m'a dénoncé. Mon voisin, lui, voudrait ma mort parce que je ne pense pas comme lui et celui qui m'a interrogé vivait à deux rues de chez moi, il m'arrivait souvent de le croiser, il me saluait et je lui répondais. Mais ces étrangers, que viennent-ils faire dans notre ciel ?

Souvent Tom se dit qu'il devient difficile de comprendre les guerres, que tout cela le dépasse.

— Ce pays peut être si paisible, ajoute-t-il. Regardez les rizières, sous le rose du ciel.

L'année de l'emprisonnement de Tom, l'écrivain a déjà soixante ans. Il est donc beaucoup plus vieux que le poète. Il est usé par la vie qu'il a menée – l'opium et les cigarettes, les deuils abominables, les honneurs eux-mêmes. Il devient indifférent, lointain et l'on s'étonne de ses paroles, de ses gestes, on ne le comprend pas bien. Tom, de son côté, possède encore quelques enthousiasmes. À l'intérieur de sa cellule crasseuse, il se figure le monde comme une boule à facettes géante aux couleurs changeantes, pense que là où se trouve son pays, la lumière reviendra. C'est l'image qu'il emploie le plus souvent, cette histoire d'éclairage.

L'ombre contre la lumière.

Il existe cependant tout à coup une similitude évidente entre ces deux hommes qui ne se connaissent pas et ne se croiseront jamais, sinon à l'intérieur de ces pages. C'est une affaire d'enduit et de plâtre, de sol et de plafond, de portes fermées. Car il y a ces quatre murs autour d'eux à présent, cette pièce d'où ils ne peuvent pas s'évader. Les murs autour de l'écrivain sont blancs, ils ont été repeints il y a plusieurs mois avec les crédits de l'Assistance publique et l'on ne trouve dans la pièce aucune décoration, rien d'autre qu'une série de feuilles agrafées ensemble – courbes de température, résultats de radios et d'analyses, consignes de sécurité en cas d'incendie – l'ordinaire d'une chambre d'hôpital. Avec l'odeur tenace de désinfectant qui émane du lino du sol, ici et dans les couloirs, ces effluves obligatoires destinés à avertir le visiteur qu'il se trouve bien dans un temple de la maladie – une geôle aseptisée emplie de nickel, de flacons et de seringues, organisée autour de chambres aux portes ouvertes et de longs couloirs, peuplée de fantômes en pyjamas de prisonniers, d'infirmières, de médecins. Hantée par la litanie des plaintes de ceux qui souffrent, jamais silencieuse, comme la prison de Tom.

Dans une chambre voisine, un enfant appelle sa mère, il la supplie de venir, se demande pourquoi elle ne répond pas, s'interroge sur le monde tel qu'on le lui a appris, se dit que les adultes ont dû le tromper, lui raconter des blagues. Plus loin, un vieil homme demande à ne pas souffrir, surtout pas, pas l'once d'une souffrance s'il vous plaît et sa voix se casse dans cette quête sans fin. L'écrivain, lui, se tait. Il est plutôt docile et s'efforce de sourire à ceux qui entrent dans la chambre.

— Seulement nous ne savons pas exactement ce que vous avez.

— Et je peux mourir ?

— Tout le monde peut mourir… disons que c'est plutôt un gros risque, dans votre cas.

L'écrivain n'en revient pas et il emploiera plus tard un mot pour le dire : *stupéfaction*. Sa mort à lui tout à coup plausible, sans souffrance, même pas mal ou si peu et plouf, plus rien, le grand vide, la fin de tout qui aspire le corps et l'esprit, qui s'empare de l'âme.

— Quelle âme ? Vous en avez de bonnes, avec l'âme.

Et cette épouvante sacrée qui l'envahit, le stupéfie.

— S'il n'y a pas de Dieu, alors quoi ?

Il se souvient de l'affolement de Sophie, qui sortait à peine de la salle de bains, emmitouflée dans un long peignoir rose — ce n'est plus Clara depuis longtemps, il y a eu Josette et d'autres et Louise et maintenant Sophie la nièce de Louise, si jeune encore et si amoureuse. Il revoit avec exactitude le trajet de l'ambulance depuis la maison de Verrières, entend encore le bruit du moteur. À dix heures du matin les rues et avenues étaient quasi vides, cernées de grues, d'immeubles en construction. Un monde en travaux, un petit enfer périurbain. Puis la porte d'Orléans, la gare d'Austerlitz reconnaissable de loin, le porche d'entrée à trois voûtes de la Salpêtrière. Et *la nuit du reptile*, c'est ainsi qu'on pourrait la désigner parce que ces mots lui iraient bien. Ces longues heures indéfinissables durant lesquelles, parce qu'il avait voulu se lever, son cerveau désemparé, privé de tout repère, s'est égaré dans le noir d'une chambre d'hôpital. Cette errance aveugle et animale à petits pas chancelants dans l'obscurité totale, la table de chevet qu'il a prise pour son lit alors qu'il en était venu à ramper au sol, l'égarement du corps et de l'esprit qui ne contrôlent plus rien et l'évanouissement — *la paix de l'abîme* de l'ascète dira-t-il plus tard, parce qu'il aura cherché les mots, les images. L'étrange paix d'une conscience dans le vestibule du néant et c'est tout ce qu'il lui reste, cette sorte de conscience archaïque, plutôt contente. Une tranquillité encore à peine instable qui précède l'illumination, dit-on en Asie.

— Regardez la courbe, votre température est montée en flèche. C'est la grippe de Londres, apparemment, vous avez dû en entendre parler. Donc vous vous êtes trouvé mal, ce qui était prévisible.

— Je n'avais pas prévu de me transformer en cosmonaute.

— En cosmonaute ?

— Je crois que j'ai flotté un peu partout, dans cette chambre. Puis j'ai marché sur les murs comme un lézard.

— Vous êtes drôles, vous les écrivains. Vous avez de ces images…

— J'ai traversé les limbes, voyez-vous. C'est une drôle d'expérience. Ou j'ai approché Bouddha, c'est comme vous voulez, moi je m'en fiche.

Et quand tout sera calmé, que les draps auront été changés par deux grosses femmes joyeuses, que la fièvre sera légèrement retombée, alors lui reviendra le souvenir d'une fille aimée une nuit, dans un hôtel de Sibérie.

— Elle avait des seins magnifiques. Et cette croupe… à se damner…

— Si vous dites des bêtises, on ne vous refait plus le lit !

Il se dira aussi qu'il a à peu près oublié les autres femmes. À peu près, il répètera ces mots. Car comment oublier Clara ?

— J'ai un assez vague souvenir de ma première femme. Un cerveau brillant, un corps moyen. Je ne sais pas si je l'ai aimée, je ne l'ai jamais su. Je crois que je ne suis pas doué pour l'amour.

Puis il s'endormira dans des draps propres, heureux de sa guérison annoncée.

L'interview a lieu la même année, un mois plus tard peut-être, on ne dispose pas de la date exacte. Clara a vieilli elle aussi, bien sûr, pas tellement changé. Un homme d'une trentaine d'années en costume bleu marine l'interroge sur son aventure en Asie, dont on parle encore – le petit temple, les princesses sculptées dans la pierre, l'arrestation, l'assignation à résidence. C'est une histoire ancienne et ses souvenirs sont flous, et puis elle les a modelés à sa convenance. Le journaliste se trouve assis en face d'elle – elle lui a proposé un fauteuil assez inconfortable, elle-même s'est installée sur son divan garni de velours clair. Il paraît intimidé, elle a été la femme de l'écrivain, elle porte encore son nom et ce nom l'impressionne, peut-être ne se sent-il pas à la hauteur. Et si elle allait prendre ses grands airs et couper net l'interview, lui dire qu'elle en a assez, qu'il doit s'en aller avec ses fils, sa caméra, tout cet attirail qui envahit le salon ?

Il tousse et se lance. Il s'est penché vers elle, il a chaud, on étouffe dans cet appartement, elle a dû monter le chauffage à mort ou alors c'est la copropriété. C'est ce que font les vieilles personnes mais elle n'est pas une vieille femme ordinaire, non.

Bien sûr. Alors, cette aventure ?

Clara réfléchit un instant, ajuste une manche de son chemisier, dit d'abord ce qui lui paraît important :

— Cet endroit, c'était quelque chose de ravissant.

Elle ajoute que ces terres coincées entre trois pays sont faites pour les siestes à l'ombre, de longues siestes dans les chambres ou sous les feuillages. Et aussi pour les danses qui racontent des histoires, toujours les mêmes. On n'imagine pas autre chose, quand on arrive.

— Ce mouvement gracieux du poignet qu'elles font, surtout et leurs genoux écartés... on croit ce pays docile et aujourd'hui ils s'y entretuent, paraît-il. Ils pendent les hommes par les pieds, jettent des corps dans les ravins, c'est effrayant. Vous êtes au courant, j'imagine ?

Avant l'entretien, elle a sorti un tube de rouge à lèvres de sa poche, s'est remaquillée d'un geste rapide et précis, sans miroir. Elle a l'habitude.

— Même au fond de la jungle, je mettais du rouge. Je fais partie des femmes qui ont besoin de s'arranger, vous ne pensez pas ?

Elle croise les jambes, tire sur sa jupe en jersey couleur sable – elle déteste les tissus sombres. Elle sourit à l'homme qui l'interroge. Un peu, à peine. Juste de quoi montrer un visage moins austère, moins marqué aussi. Elle connaît la cruauté des caméras, remet en place une mèche de cheveux, se déplace très légèrement sur l'assise du canapé.

— Ça ira comme ça, n'est-ce pas ?

Le jeune journaliste s'est détendu, à présent il se tient droit, le dos collé au dossier ouvragé du fauteuil. Il se dit qu'interviewer une femme qui a dormi dans le lit de l'écrivain – il l'a vu à la télévision et a lu l'un de ses livres, il pourrait encore en raconter l'histoire – n'est pas une chose impossible.

— Je vais bien a-t-elle dit au début de l'interview, avant même qu'il pose sa première question. Mais oui, je vais bien. Que voudriez-vous, que je pleure encore aujourd'hui, parce qu'il m'a un jour quittée pour une autre ? C'était il y a si longtemps et je porte toujours son nom, alors où est le problème ? Le nom, c'est le plus important, dites-moi si je me trompe.

Elle lance tout cela avec désinvolture, c'est le mot qu'emploiera le journaliste dans le papier qu'il rédigera ensuite. *Désinvolture*. Elle porte un chemisier à motifs géométriques – il en parlera en préambule – dans les tons pastel. Elle ignore, tout comme cet homme assis en face d'elle, que l'écrivain mourra dans quelques d'années, bien avant elle. Ils ne se voient plus et elle regarde peu la télévision. À peine parfois le journal de la mi-journée.

— Les gens sont étonnés par ses tics, cette façon qu'il a de remuer les mains pour appuyer son discours, comme s'il voulait pétrir une pâte invisible. Il faut s'y habituer.

Et puis elle se tait, peut-être va-t-elle refuser de poursuivre l'entretien et s'en aller dans ce passé dont on parle, peut-être celui qui l'interviewe va-t-il la perdre au fond d'une forêt encombrée d'arbres, de ronces, une forêt folle avec un temple à l'intérieur.

— On avait l'inspiration ! s'écrie-t-elle.

Il remarque alors ses yeux gris, très beaux. Il était temps. Il se dit qu'il devra en parler, absolument. Que c'est une couleur rare.

— Vous êtes là à réclamer la vérité… moi je ne voulais pas passer ma vie au balcon, à attendre. Je voulais m'amuser et lui aussi. Cette aventure dans la jungle aurait pu très mal finir mais elle était distrayante. D'ailleurs ils ont fini par le relâcher.

Elle ajoute qu'il a tout raconté dans ce livre qu'elle a posé devant elle. Un livre de poche avec une couverture jaune, sur laquelle apparaît une tête de buffle. Le journaliste ne reconnaît pas le titre et la couverture ne lui dit rien. Il voudrait s'excuser, dire qu'on ne peut pas tout lire.

— Vous avez vu cette bête ? C'est un buffle gris, là-bas ils sont énormes.

Plusieurs pages du livre ont été cornées, il semble avoir été lu et relu, transporté un peu partout, dans des sacs ou des valises.

— Allez-y, prenez-le. Vous me le rendrez. Il y parle de la grande soumission des insectes à la lumière, vous verrez. Nous ne voulions pas être soumis et ce n'était pas un crime, n'est-ce pas ?

Puis elle se tourne vers la fenêtre. Se détourne, échappe à celui qui se tient devant elle. Elle s'en va, abandonne la caméra, les fils, le regard qui la suit.

— Il y a dans le livre cet homme à qui l'on a arraché un œil. Cette peur surtout non pas de la mort, mais d'être tué. Dans le ventre, c'est encore plus long…

Elle revient à l'entretien, croise les jambes et dévoile un genou.

— Mais je vous ennuie. Lui aussi pouvait être très ennuyeux, à ses heures. Il s'écoutait parler, ne se rendait plus compte… trop emporté par sa pensée. Trop appliqué aussi parfois, pendant l'amour.

Elle rit, redevient la jeune fille d'Auteuil. Celle qui promenait sa légèreté d'enfant riche dans l'avenue des Chalets, le long des pièces de la villa à deux étages où l'on se croyait plus fort que les autres. Une princesse juive qu'on aurait eu envie de peindre.

— Jaurès était notre voisin, l'adresse est connue.

Puis elle cligne des yeux, elle fait souvent cela, elle aime tant voir le monde comme un store à l'italienne, c'est chic.

— Il n'était pas très chic au départ, il a appris. Il s'est même inventé une famille riche. Allez le voir et questionnez-le, il vous mentira sur ses origines. Il a falsifié certains papiers, il ment comme un arracheur de dents.

Mais elle l'aimait tant, c'est ce qu'elle dit encore. Et contre les murs du salon où elle a reçu ce journaliste, elle lance sa déclaration silencieuse. Comment l'oublier.

Comment ne plus être sa femme, comment effacer l'image de ses yeux si grands.

Il paraît qu'il a vieilli, qu'il est fatigué, qu'il a été malade et qu'on l'a transporté dans un hôpital. On se moque de ses gestes de sourcier quand il passe à la télévision, on le trouve grandiloquent, on ne veut même plus l'écouter. Il fume toujours ? Il fumait comme un malade, c'était affolant.

Elle fait à présent rouler une perle de son collier entre ses doigts, le bijou devient brûlant, c'est ce qu'elle aime dans les perles, cette chaleur sur la peau et elle a ce geste tout à coup, une main en l'air, un doigt qui dessine des ronds de fumée pour signifier que tout cela est une vieille histoire, si l'on veut. Alors le journaliste la fera parler d'autre chose, ou s'en ira.

Avec ses fils, sa caméra, sa veste froissée d'avoir été collée au fauteuil. Il passera une main sur son front, la paume bien à plat comme font les enfants.

— Ça s'est bien passé, dira-t-il au journal qui l'emploie. Je crois qu'elle m'a eu à la bonne et elle n'est pas si intimidante, tout compte fait.

1975

Il existe quantité de questions sans réponse, qu'on peut toujours lancer dans l'air en regardant le ciel.

Comme s'il existait encore un ciel là où nous sommes, une étendue légère et bleue à peine appuyée au-dessus du couvercle géant que forment les arbres, les lianes enchevêtrées et les escaliers de singes. Un ciel intelligent, qui comprenne quelque chose à ce que font les hommes.

Que faisait Tom à présent, dans cette jungle à l'écart de la ville, au milieu d'une armée de fous qui avaient vocation de tuer ? Où avait-il trouvé les vêtements noirs qu'il portait, un peu grands pour lui, et cette casquette ? Les avait-il volés à un paysan ? Et qui lui avait donné l'arme qui ne le quittait pas ?

On dit qu'il dormait comme un enfant en la serrant contre son cœur. Mais on n'y était pas. On dit que tout cela allait durer trois ans, huit mois et vingt jours. De ce compte précis des jours et des nuits de terreur, on peut être certain.

Et puis d'autres questions, Tom était-il toujours poète, avait-il écrit en sortant de prison ? Le gardien lui parlait volontiers des papillons égarés à l'intérieur du bâtiment, et qui tournaient comme des fous en frôlant les plafonds, attirés par la lumière des lampes. Tom avait-il eu l'idée d'écrire quelque chose à propos des chenilles et des papillons ? Ou à propos des libellules, des buffles des eaux, des lézards géants ? Ses poèmes avaient-ils été publiés, comme avant ? Et qu'avait-il fait de ses livres ? Il avait lu autrefois un roman de l'écrivain, celui qui se passait tout près d'ici, du côté du Temple. Il avait reconnu dans ces pages les bruits, les odeurs familières. Et cette sauvagerie. Tom pensait-il à sa propre mort, comme le romancier ? Ou se croyait-il immortel, promis à des vies extraordinaires empilées les unes au-dessus des autres, parce qu'il combattait pour un idéal ?

— J'ai oublié cette histoire que le Français a écrite, je l'ai lue il y a longtemps et je ne veux pas en parler. C'est un livre et il faut brûler les livres, les jeter au fond des ravins. Il faut retourner à la terre, rien que la terre. Être un paysan, absolument.

Il existe des questions qui se suivent, se serrent les unes contre les autres et ne servent à rien, finalement. Tom pensait-il encore à Bunny son épouse, à son fils ? Sur la photographie qu'on a gardée du couple, Bunny semblait attendre un autre enfant. Et qu'avait-il à dire de si important à l'homme très maigre aux gestes délicats – comme des gestes de femme – qui venait de descendre de son vélo ? On savait peu de choses du passé de cet homme et chaque fois qu'il l'entendait approcher, Tom sentait son cœur battre plus fort et comme les autres, comme tous les autres, il ne s'y habituait pas. Une forme de respect craintif, d'admiration inquiète. Mais pour quelle raison obscure s'obstinait-il à rester là ? Et pourquoi courait-il à présent vers l'homme maigre, un papier à la main ?

Vu de près, cet homme qui l'attendait avait les oreilles décollées mais ce n'était pas la première chose qu'on remarquait.

On dit qu'à l'origine de la transformation de Tom, il y eut l'humiliation. On cherche des réponses à des problèmes insolubles et l'on trouve des mots, comme celui-là. Alors on les garde. L'écrivain avait parlé de l'humiliation dans ses livres, lui aussi mais Tom n'avait pas bien compris. On rapporte aussi la légende du prince des Nagas, qui recherchait la Sagesse et laissa le Brahmane lui broyer les os. On prétendit qu'entre le compromis et l'idéal, la ville et ses corruptions, la forêt et ses mirages, Tom avait choisi la voie la plus périlleuse et la plus noble à ses yeux, comme l'avait fait jadis le prince des Nagas. Il avait couru après une idée comme un enfant lève le bras le plus haut possible dans le manège qui tourne, pour attraper le pompon.

L'égalité, la révolution, le peuple parfait, comment l'appelait-on déjà, ce nouveau peuple ? Et le manège tournait et le pompon se balançait.

C'est une explication qui en vaut une autre.

En 1975, trois ans après sa libération, Tom le petit poète myope épris de justice s'en alla rejoindre une armée de cafards noirs au fond des forêts. On dit qu'il *prit le maquis* avec les défenseurs du peuple nouveau, c'est ainsi qu'on parla de lui. On ajouta qu'il en venait parfois à oublier son nom, en même temps que la douceur des choses. Qu'il était devenu Frère, un frère numéroté mais on finit par oublier le chiffre. Il fut rappelé cependant que les numéros 1, 2 et 3 furent finalement jugés et condamnés des années plus tard et que Tom, de ce fait, devait avoir un numéro différent, puisqu'aucune trace de son procès n'apparaît nulle part.

La fraternité est le contraire de l'humiliation, avait dit un jour l'écrivain, mais Tom n'avait pas prêté attention à ses paroles. Et il ne se sentait pas frère de tous les frères numérotés. Quelques-uns lui faisaient peur, les autres lui étaient indifférents.

Quant aux actes du petit poète ainsi devenu soldat, on préféra ne pas trop en parler. Parce qu'il y avait, au fond de la jungle épaisse, cette table en fer dont les pieds s'enfonçaient dans la terre, avec les liens, les pinces pour cisailler les chairs, le courant électrique. Le seau d'urine à boire, d'excréments à avaler, cette puanteur. Un corps de femme aussi, enroulé sur lui-même, meurtri. Dans un sale état. Il y a quelques mois encore, cette femme était très belle. Il existe plusieurs portraits d'elle, de son visage aux traits si fins, si délicats. De sa peau pâle avec ses lèvres peintes. Il y a quelques mois encore, cette femme était coquette, elle peignait ses longs cheveux noirs et désirait un enfant.

Et puis la voix de Tom.

— Je l'ai à peine touchée. Pas besoin.

Les gémissements intermittents de cette femme, avant un nouvel évanouissement.

— Elle dort, je crois. Il m'arrive de m'endormir avec elle, à force. C'est long, il faut dire.

Les aveux de la femme.

— J'y arrive, voilà. Une bourgeoise, c'est sûr. Une femme des villes. Mariée, oui. Elle dit qu'elle a versé de l'eau dans les perfusions. Elle dit aussi avoir travaillé pour la CIA. Et puis d'autres choses. Ses aveux sont consignés là, sur le cahier.

— Interroge-la encore.

Et encore.

Il faut des pages, mille pages d'aveux.

À deux kilomètres de cette prison improvisée − rondins de bois, pierres entassées, groupe électrogène, tuyaux arrachés, linges ensanglantés et hurlements − le petit temple rose aux reliefs délicats, de son côté, tentait de s'y retrouver dans le chaos des racines qui enserraient la pierre, se confondaient avec elle. C'était toujours la même confusion, la même incertitude. Combien de temps allait durer cette concurrence entre la végétation et les constructions de l'homme ? Et qui l'emporterait ?

Mais ce n'était pas si grave et cette lutte se faisait sans cris. À peine le bourdonnement reconnaissable des insectes, contre lequel on ne pouvait rien et dans ce quasi-silence, l'arbre attendait que la vie passe.

Il y avait le jour, puis la nuit puis un autre jour et c'était plutôt agréable, cette tranquillité à peine dérangée par moments par la fuite d'un serpent, les bagarres des singes. Il suffisait d'oublier les hommes et alors la jungle redevenait un paradis.

*J'en ai vu passer, dans mon paradis – je tiens à
ce mot, je connais le séjour des vertueux, le ciel des
trente-trois dieux et mon royaume à moi est si beau.
Les hommes sont venus de très loin pour le découvrir,
il y a des années, des siècles. Ils ont pris des trains,
des bateaux, se disaient explorateurs et l'on pouvait
les reconnaître sans se tromper, leur peau était pâle et
leurs yeux très clairs. J'ai vu arriver autrefois l'équipe
du vieux Parmentier, j'étais tout jeune encore et mon
tronc était fin – une brindille. Qu'Içvarapura veille sur
cet homme et le protège dans ses autres vies ! Il
portait sa barbe blanche et son costume colonial, je
crois qu'en ville on ne le prenait pas au sérieux. Ses
yeux étaient bleus comme l'eau des sources quand le
ciel plonge en elle. Il s'est assis tout près de moi, à
même le sol pour se faire plus humble face à la pierre
et a dessiné le Temple rose – le désordre des murs
écroulés, les princesses célestes, l'éléphant tricéphale
et le serpent cracheur de pluie. Son crayon allait et
venait sur le papier, de là où je me trouvais je ne
voyais pas les détails, je me figurais des hachures
sombres, des lignes interrompues par un tremblement
de la main. Je l'ai vu plusieurs fois arrêter son travail,
poser son carnet de croquis devant lui et baisser la
tête comme un homme vaincu.*

*Assommé par ce qu'il appelait splendeur, je
crois.*

*Il disait que c'était éblouissant, ce qu'on pouvait
découvrir au fond de la forêt, que ça lui clouait le bec,
que ça le laissait tout pantois, tout petit face à cette
magnificence des pierres. Il ajoutait qu'aucun dessin,*

aucun tableau ne pouvait donner la mesure de cette beauté-là. Il reprenait la tâche cependant, car il voulait qu'en Europe on connaisse le petit temple, qu'on envoie des architectes pour le reconstruire le plus vite possible. Il publierait une monographie, irait frapper aux portes.

— Bon Dieu on ne peut pas laisser cette merveille dans un état pareil. Il faudra bien qu'ils m'écoutent, tous.

Je l'ai vu. Il prenait des mesures, se penchait, s'accroupissait en grimaçant, notait, soufflait comme un âne dans la chaleur des après-midis.

Il parlait peu, ne me dérangeait pas.

J'ai vu aussi – comment oublier – notre roi Sisowath aux lèvres épaisses et aux cent concubines, qui revêtit son costume d'apparat pour lever son armée, m'enlever par la force aux guerriers du Siam qui avaient envahi les lieux, et me rendre à mon pays. C'était il y a longtemps, des années, je n'étais pas encore si grand. Je crois que Parmentier et lui se sont croisés un jour à Paris. Je ne suis pas sûr, cette ville se trouve si loin d'ici et ses arbres sont si différents, si sages. Ils cachent leurs racines à l'intérieur de la terre et laissent leurs branches à distance, ainsi l'œil s'y reconnaît. Fait la part des choses.

Le haut et le bas, ce qui s'insinue dans les profondeurs, y rampe et creuse des galeries souter- raines, ce qui se dresse jusqu'au ciel pour atteindre les étoiles et toucher le soleil.

Le second fils de Sisowath partit un jour pour la France. Il entra à Saint-Cyr pour devenir militaire, alla combattre en Algérie avec son képi à toupet, ses médailles. Puis il revint chez nous et fut roi à son tour.

C'est important Saint-Cyr, dans cette histoire. C'est pourquoi j'en parle, parce qu'il existe des correspondances, des destins qui se rejoignent. Et là où je me trouve, au milieu de toutes choses... La femme de l'écrivain avait vu les gradés tout droit sortis de cette école conduire leurs hommes, depuis le fond des tranchées jusqu'à la mort. Cette obéissance au chef, disait-elle, cette satanée obéissance. Elle avait seize ans et se demandait à quoi servaient les médailles, les costumes militaires, les guerres.

Et puis ?

Et puis ils sont arrivés, je parle de ceux de la ville. Il y a eu cette rumeur lointaine qui s'est amplifiée, puis je les ai vus passer, les uns après les autres. Des milliers. Quelques-uns se sont arrêtés par ici, trop épuisés pour continuer. Ils tombaient par terre, s'allongeaient à même le sol, réclamaient un répit. On les a obligés à repartir.

Ils ont quitté les appartements, les maisons, sans fermer les portes ni les fenêtres, sans baisser le rideau des boutiques. Ils ont piétiné leurs affaires, ont fait fuir les rats.

J'en vois encore qui viennent. Les femmes portent leurs biens sur leur tête, les hommes portent sur leurs épaules les enfants les plus jeunes mais cela ne va pas durer, c'est beaucoup trop dur. Il fait trop chaud, nous sommes à la saison sèche et ils n'ont pas mangé, ont bu parfois l'eau des mares, qui fait se tordre les entrailles. J'ai entendu les récits, à présent je sais. Le vacarme des moteurs vers six heures du matin à l'entrée de la ville, les cris à travers les porte-voix, dans le parfum de la soupe aux nouilles, des beignets, des brochettes de bœuf, dans les odeurs d'ail et de citronnelle.

— *Sortez de chez vous, partez !*

Les camions étaient verts, gris, noirs et avançaient dans des nuages de poussière jaune. À l'intérieur, les hommes en armes portaient tous le costume des paysans des rizières et leurs cheveux étaient sales.

— Crasseux. Ils arrivaient tout droit de la forêt où ils tracent des routes à coups de bulldozers. On dit qu'ils ne se lavent jamais, qu'ils ont autre chose à faire. De grandes idées à répandre, comme on sème.

La foule a applaudi les soldats. Ils étaient si jeunes.

— *On ne savait pas, on était plutôt contents, sur le coup. Les enfants se sont mis aux fenêtres, les plus grands à moto ont klaxonné pour les accueillir, tout le monde est sorti des restaurants pour les voir, les acclamer.*

— *Leurs sandales, vous auriez vu, avec des pneus en caoutchouc. Ils marchaient sur des pneus ! On a fini par comprendre.*

— Et cette façon de crier, ces regards noirs... mais on a vite détourné les yeux, baissé la tête. Ils voulaient qu'on baisse la tête.

— Ils veulent abolir les villes, les rayer de la carte et qu'il ne reste que des champs. Ils ont exigé nos montres, nos stylos, nos papiers. Ils ne veulent plus d'heure, plus d'écriture, plus d'appartements plus de Palais, plus de livres ni de musique, plus de billets de banque, plus rien. Ils ne veulent plus rien.

Vishnu envoya jadis les démons en enfer et je crois qu'il y enverra aussi les hommes en noir, avec leurs armes et leur idéal. Il les plongera dans l'enfer brûlant du chaudron de fer, qui a soixante lieues d'étendue, afin qu'ils comprennent. À moins que Cao Bai qui réunit un jour le Yin et le Yang ne leur pardonne. Mais qui croit encore à ce Dieu-là venu d'Annam, si charitable ?

Au loin des bœufs tirent des charrettes où sont installés les vieillards, j'entends le murmure sourd que font les roues. Eux arrivent à pied, le père la mère, les enfants et les soldats vêtus de noirs hurlent des ordres, lèvent leur fusil en l'air.

Voilà qu'ils tirent, aussi. Voilà qu'ils tirent.

Il faut se méfier des petits soldats aux cheveux noirs et aux hanches de fille, on ne sait jamais ce qu'ils sont capables de faire. Tom vient de saisir par le bras un homme plus grand que lui, vêtu d'un pantalon clair maculé de boue et d'un T-shirt à l'effigie des Rolling Stones. L'homme ne paraît pas surpris, il a déjà courbé le dos d'instinct, a rentré ses épaules. Tom l'écarte de la longue file des familles en marche, l'isole des siens, qu'on aurait du mal à reconnaître tant tous ces gens se ressemblent. Une femme hurle, on la fait taire.

— Toi, tu viens. Et baisse la tête.

Tom a un prisonnier, le sien, qu'il traîne à présent derrière lui comme on traîne un animal blessé. Il a perdu dans cette jungle ses plus tendres sentiments et ses plus belles attentes, a jeté au fond de la forêt son talent de poète et les mots qui tournaient dans sa tête des jours entiers et le faisaient rêver. Tout cela s'est fait brusquement et s'il prétend que c'est à cause de la prison, il mentira. Il a perdu la musique si douce que peuvent faire les mots quand ils se répondent, il aimait tant cette musique-là et quand il parle à présent sa voix est différente, plus aiguë. Mais il a un prisonnier. Tout à l'heure il a surpris le regard de cet homme et il lui a semblé y lire un défi.

— Celui qui me défie…

Celui qui me défie sera puni. C'est simple, Tom vit à présent avec des idées simples et peu nombreuses, sur lesquelles il se repose.

Un intellectuel est un ennemi

Un homme qui me regarde dans les yeux est un ennemi

Un médecin est un ennemi

Un homme qui sourit comme le faisait le Bouddha est un ennemi

Un homme des villes est un sale bourgeois et un ennemi.

Tom conduit son prisonnier vers le petit temple, qu'il connaît depuis qu'il est enfant. Son père l'y conduisait le dimanche, lui montrait comment s'incliner devant la statue du dieu à quatre bras, lui racontait des histoires. Celle du début du monde était sa préférée et son père devait la recommencer, chaque fois.

— Les dieux et les démons se disputaient un jour l'immortalité… mais tu connais la fin, déjà, alors à quoi bon ? Laisse-moi donc tranquille.

— Est-ce que les dieux avaient des médecins comme toi pour les soigner, quand ils allaient mal ?

— Les dieux vont toujours bien. Les bonzes font très attention à eux, c'est suffisant, il ne peut rien leur arriver. Moi je ne soigne que les hommes. Je soigne ton grand-père surtout, qui en ce moment ne va pas bien.

Tom avance trop vite avec son prisonnier, il trébuche sur l'une des racines géantes de l'arbre et ses sandales en caoutchouc font un drôle de bruit dans le paysage, un pauvre bruit de pneu qui crève, quelque chose de désagréable. L'arbre ne bouge pas, pas un mouvement de feuilles, rien. Les arbres sont immobiles et pour que leurs feuilles remuent même très légèrement, avec le très léger bruissement qu'on connaît, il leur faut un peu de vent. Durant le mois d'avril, l'air ici se paralyse et la végétation est incroyablement silencieuse. Tom et son prisonnier connaissent cela depuis toujours, le repos des choses sous l'écrasante poussée de la chaleur.

Tom s'est redressé en maudissant l'arbre, qui se souviendra longtemps d'un tel blasphème. Il pousse à présent son prisonnier à l'intérieur du temple, son poing fermé contre le dos de l'homme, qui ploie les genoux.
— Tiens-toi droit. Redresse-toi. Quel est ton métier ?
L'homme effrayé balbutie une réponse, tailleur, je suis tailleur, je couds des costumes de cérémonie, j'ai même cousu des vêtements pour ta famille, je…
— Ça va. Regarde devant toi.
Entre les quatre murs de pierre de ce qui fut la bibliothèque sacrée – si l'on en croit les croquis datant d'avant la reconstruction – le petit poète à l'allure de chauve-souris tire sur son prisonnier qui a fermé les yeux. Un coup.
Bang.
Alors les singes sont à la fête et vont de branche en branche, les araignées courent en rond, on croirait entendre le barrissement d'un éléphant, très loin. Comment appelle-t-on cela, quand la joie vient à contre-temps ?

Parfois, quand il n'a rien à faire, le petit Tom pose ses mains en visière, comme s'il voulait ainsi en finir avec le monde flou qui l'entoure et reconnaître enfin le dessin précis d'une feuille, l'encorbellement d'une porte avec ses petits détails si fins. Parfois il fait ce geste enfantin et délicat, qu'il a appris en prison et tout devient alors assez différent. C'est ce qui arrive au moment où il sort du temple, son arme en bandoulière.

Il existe sans doute quelques légers souffles d'innocence capables de se faufiler dans l'air, les jours d'avril où tout s'endort dans ces paysages, même les moustiques. Tom a tué son premier homme et c'est comme un baptême de l'air, c'est solennel et déroutant. Dans un roman de l'écrivain pilleur de temples, un jeune Chinois qui ressemble au petit poète – mêmes épaules étroites, même regard sombre, même peau claire – tue lui aussi pour la première fois et après le meurtre, il ne reconnaît plus la voix de ses camarades : il est devenu assassin et le monde s'en trouve modifié.

Tom n'a pas lu ce livre-là et la voix du chef sur son vélo, il la reconnaîtrait entre mille. Une voix si douce qu'elle fait peur, des sonorités suaves qui vous glacent les os. Tom vient de tuer pour la première fois et protège ses yeux de la lumière du jour, pour tenter de voir distinctement le monde qui l'entoure. Il ignore encore combien d'hommes il enverra ainsi à la mort – on n'en connaît pas le chiffre exact mais on se souviendra du dernier. Il ne sait pas non plus que sa vie pourrait être un roman, ne se pose pas ce genre de questions. Pour l'instant il a faim, comme les autres soldats du maquis égarés dans leur folie et il donnerait sa vie pour une part de bœuf cuit sur le feu, pour un poisson à la chair gorgée de citronnelle. Il mangerait même de cette viande de chien qui donne le feu au corps et peut vous brûler de l'intérieur.

Je sais le long poème des coups, des plaintes et des cris, c'est un poème triste et assez effrayant. On croit les arbres insensibles mais ici où je me trouve, c'est plus difficile. Il y a cette proximité... parfois je voudrais que tous ces soldats s'éloignent, qu'ils établissent leur campement ailleurs, près de la mer ou au sommet des montagnes. Qu'ils laissent la jungle tranquille et oublient le temple rose, si petit. Autrefois je connaissais d'autres poèmes, bien plus beaux. Me revient la longue histoire de Tum et Teav qui s'aimèrent à la folie, qui l'a écrite ? Il me manque toujours quelque chose par ici, un nom, un détail, de quoi comprendre ce que font les hommes, les raisons de leurs actes. Et pourquoi les dieux ne leur parlent jamais.

— Oublie tout ce qu'on t'a jadis appris, a dit le chef et le petit homme s'est incliné.

— Oubliez tous votre passé, votre famille n'existe plus, leur répète-t-on chaque jour. Oubliez votre nom et le nom de votre rue.

Et alors tous courbent le dos, regardent leurs pieds à peine protégés par leurs sandales en caoutchouc.

Le chef et Tom ont le même teint pâle, je crois qu'ils sont Chinois. Ou que leurs ancêtres l'étaient et leur visage en a gardé la mémoire. Ils sont différents des autres et c'est peut-être ce qui les rapproche, d'une certaine façon. Mais le petit homme craint les paroles du chef et souvent − je ne peux pas me tromper − il voudrait s'enfuir, quand il entend le vélo qui approche.

Le satané vélo. Le bruit si reconnaissable des roues.

Et puis j'entends la rumeur de ces hommes. Ils vagabondent, tirent leur charrue à l'épaule, coupent le bois, tracent des routes au hasard et s'épuisent.

Ils ignorent où ils se trouvent, tous, ne savent même plus que ce temple existe, ils ont perdu le nord, le sud, l'est et l'ouest. Seuls les chefs possèdent des cartes et s'orientent. Ils défrichent, mangent des liserons, des escargots et la chair des lézards, laissent se balancer des paniers d'osier au bout des palanches.

Ils croyaient au bonheur, quand tout a commencé. Ils croyaient à un pays neuf.

Au loin, leurs prisonniers défilent les uns derrière les autres dans la brume des rizières, petites silhouettes en ombres chinoises qui tremblent. Ils ont oublié les histoires sacrées qu'on leur racontait, ne savent plus la couleur du fleuve, celle du lac ni le goût de la mer, ils sont perdus. Ils savent seulement ce qui se cache au-delà des murailles vertes que font les arbres, loin derrière les gémissements lancinants de leurs ennemis, loin des morts : le peuple nouveau, la grande Utopie du retour à l'origine, « le grand retour ! » hurlent les voix dans les mégaphones.

Et parfois, quand tout ce vacarme se tait, un couple d'oiseaux fait entendre son chant, alors ils lèvent la tête. Ils reniflent l'air, aperçoivent un papillon, regardent tout en haut bien au-dessus de leur tête, cherchent un souvenir, comme une rédemption très volatile. C'est un joli moment mais ils ne doivent pas sourire. Sourire est mal vu, sourire est l'apanage des dieux et il n'y a plus de dieux. Une foutaise, les dieux !

1977

Il y a cette histoire qu'on raconte encore aujourd'hui, à l'intérieur de laquelle viennent se tasser toutes les années noires du pays avec leurs extravagances, leur folie et la misère des hommes, quand ils ne savent plus aimer. Ceux-là n'avaient pas oublié ce qu'est l'amour et ils en furent punis.

On croirait un conte à faire peur, une mauvaise histoire à ne pas raconter aux enfants.

Bophana était la femme de Ly Sitha et tous deux s'aimaient comme s'aimèrent Roméo et Juliette, Pyrame et Thisbé et tous les amoureux dont on parle longtemps après, parce qu'on aimerait qu'ils aient existé, comme eux.

Les livres, les films, les musées parlent de cette femme aux longs cheveux noirs qui écrivait à son mari.

Je te serre contre moi et te donne un baiser

Mais les lettres étaient interdites et l'amour aussi. Comme les poèmes et les vieilles chansons.

Plus de famille, plus se sentiments ! criaient les voix dans les mégaphones. Plus d'apitoiement ! Plus d'imagination, plus de rimes, plus de beauté !

— Une charrue, une pelle, le dos plié.

Bophana naquit au quartier numéro 3, à l'intérieur d'un village où tout le monde l'appelait Môm – Môm la blanche, pour être exact. Son visage était rond comme peut l'être la lune qui se fait entière et les hommes la trouvaient très jolie. Le village avait été bâti au bord de la rivière, la vie y était paisible et lente, les enfants jouaient sur les berges et parmi eux se trouvait Ly Sitha, le cousin de Bophana.

Et Bophana commença à aimer Ly Sitha.

On possède une photographie qui montre Ly Sitha adolescent, dans sa robe orange de bonze. Il connaît à ce moment le destin des garçons pauvres et vit dans la pagode, loin de la belle Bophana.

La guerre vint tout à coup détruire la vie tranquille du village. Le père de Bophana fut tué alors qu'il circulait sur une route et elle se réfugia en ville, dans un appartement. On ignore l'étage et le nombre de pièces, l'adresse exacte, la couleur des murs.

— Je passais des heures à la fenêtre. J'observais le marché, ses couleurs. J'écoutais ses bruits, les bruits de la vie. Je crois que je tenais vraiment à la vie.

Un jour, des soldats entrèrent dans l'appartement, Bophana leur plut et ils la violèrent. De cette union forcée, elle eut un fils qu'elle n'aima jamais. Elle avait vingt ans.

— Une fille avec un enfant, personne n'en voulait. Je ne pouvais plus travailler, je n'étais plus personne. J'ai vendu du riz et des gâteaux sur les marchés de la ville, je ne gagnais pas grand-chose, de quoi survivre.

Un autre jour, elle aperçut des bonzes qui marchaient ensemble – un essaim orange – et parmi eux, elle reconnut Ly Sitha. On ignore ce qu'elle lui dit à ce moment, on sait seulement que le jeune homme avait le crâne rasé, comme ses compagnons et qu'il aurait voulu prendre Bophana dans ses bras, l'embrasser comme un fou et sentir son odeur comme on s'enivre d'un parfum sacré. De cela on est sûr.

On sait aussi qu'arriva le matin abominable – on en connaît la date exacte – où tous durent quitter la ville, laissant des maisons sans habitants, des trottoirs sans passants. Bophana se sépara de son fils et s'en alla à Barai, où s'installèrent autrefois les hommes d'affaires chinois. Là, elle dut couper ses cheveux et revêtir le costume noir des paysans. Tandis que dans la capitale sans vie, à l'intérieur d'un bâtiment déserté, Ly Sitha travaillait pour le peuple nouveau.

— Il n'y croyait pas, disait que c'était des fables. De mauvaises fables. Mais ils l'auraient tué, autrement. Je vous assure qu'ils l'auraient tué.

Dès qu'il le pouvait, Ly Sitha allait rejoindre Bophana, pour une nuit d'amour il parcourait des kilomètres et risquait sa vie. Ensuite Bophana écrivait à Ly Sitha, ces lettres d'amour dans une écriture serrée en lignes régulières, avec une belle signature qui montait au ciel.

— L'enfant est mort. Je voulais tant un enfant de toi.

— Je crois que je t'ai toujours aimé et je voudrais un château vide aux fenêtres hautes entouré de fossés profonds, pour t'y attendre et qu'on nous laisse en paix.

Un autre jour encore, plus sombre que les autres – le ciel couleur de plomb dès le matin sembla chargé de présages – ils furent tous deux arrêtés et les soldats du peuple nouveau lurent ensemble les lettres de

Bophana en poussant des cris. Ils jugèrent ces pages monstrueuses, indécentes et sacrilèges.

On ignore ce que l'on fit subir à Ly Sitha, on peut supposer que Bophana de son côté fut longuement interrogée par Tom, le petit poète parti très loin de la poésie. On peut se dire que dans son repère au fond de la jungle il la coucha sur une table en fer, prit les tenailles, les fils électriques et d'autres choses. Il doit exister une liste exhaustive de ces instruments. Oui, on peut affirmer qu'il s'agissait bien de lui et qu'elle l'aurait reconnu entre mille si elle l'avait retrouvé un jour. Ce fut là selon toute vraisemblance une coïncidence comme une autre, le genre de rencontre qui n'existe que dans les romans. Un télescopage, la rencontre de deux avions dans les airs, qui auraient dû suivre des couloirs différents, de deux atomes à l'intérieur d'une molécule, l'arrivée de la proie dans la ligne de mire du chasseur. Et Tom fit tant souffrir Bophana, des heures durant, des jours et des jours – on parle de trois mois de supplices – qu'elle fit de nombreux aveux. On a compté un millier de pages sur des cahiers, pour elle seule. Un millier de mensonges pour que la torture s'arrête.

— J'ai mis de l'eau dans les perfusions, à l'hôpital. C'était facile. De l'eau infestée de toutes sortes de bactéries, oui. Et la mort venait vite, bien sûr. La fièvre d'abord, oui. Ils se tordaient.

— Et puis ?

— J'ai livré des renseignements. Une carte, des noms.

— Aux Américains ?

— Oui, aux Américains… la CIA. Et aux Russes. J'ai aussi mis le feu à la pagode.

— Laquelle ?

— Je ne sais plus… la pagode d'Onnoman.

— Et puis ? Ne t'endors pas.

— Et puis tout ce que vous voudrez… aidez-moi. S'il vous plaît.

— Tu me fatigues, dépêche-toi.

Sur l'un des portraits peints de Bophana, on la voit avec ses cheveux courts et le costume noir des paysans. Les boutons de la veste sont fermés jusqu'en haut, un cordon avec un numéro est attaché à son cou, le numéro 3 car elle fut la troisième dans le défilé des interrogatoires. Elle a perdu la douceur de son regard, sa bouche est nue. Elle fixe celui qui la regarde, voudrait jeter son corps du haut d'un fossé et qu'il se voie mourir, se fracasser. Elle voudrait le donner en pâture aux buffles, aux vautours.

Le 18 Mars 1977, Ly Sitha et Bophana furent exécutés l'un après l'autre et les corps furent jetés dans la fosse de Chœung Ek. Bophana tomba sur le corps de son époux, ou bien ce fut le contraire, on ne sait pas. Mais ils furent ainsi réunis.

Je ne connais que trop bien la mer de tes larmes, écrivait Ly Sitha, comme tu connais la montagne de feu de ma vie.

Dans ses lettres, Bophana a choisi de s'appeler Séda, du nom d'une princesse enfermée qui attend que son mari la délivre. Ly Sitha a pris le nom de Deth. Ce qui prête à confusion et cela arrangera sûrement bien Tom, ensuite. Il pourra toujours prétendre, si on l'interroge un jour sur cette période, qu'il ne sait pas de qui l'on parle, qu'il ne connaît pas ces noms.

— Séda et Deth, vous dites ?

Il pourra clamer haut et fort – mais qui l'écoutera ? qu'il s'agit là d'un conte ridicule, d'une histoire d'amour si bête qu'il en pleurerait.

Une romance qui finit mal, et quoi ?

Et si on lui montre le portrait de Bophana, qu'il reconnaîtra tout de suite – cette beauté, ce regard qui assassine, le numéro au creux de son cou – alors que

fera-t-il de ses mains qui trembleront, de sa gorge qui
se nouera au point qu'il pensera ne plus respirer et où
s'en ira son regard ? Vers quel chemin par où
s'enfuir ?

1992

La guerre entre les branches qui montent et le ciel qui les entrave est une histoire très ancienne, impossible à dater. Celle qui opposa longtemps les racines et la pierre s'est achevée ici et là dans un enlacement définitif et apaisé, qui ressemble à l'amour et surprend les visiteurs. Il y a une forme d'acceptation là-dedans, de consentement. Le temps passe ainsi et les conflits des hommes s'apaisent eux aussi, comme ceux de la nature. Mais cette guerre-là continue en dépit des accords de paix, elle est sans fin.

Ils ne veulent pas se rendre. Ils ont encore des armes et se cachent.

A l'intérieur de la jungle, passées les rives rouges et les dernières plaines, il faut avancer dans la pénombre de plus en plus opaque que font les feuilles emmêlées, les lianes égarées dans ce chaos et c'est la première chose qui frappe le capitaine Paul Duchesnes. Cette semi-obscurité incompréhensible, en contradiction avec l'idée qu'il se fait de la chaleur. Lors de sa première mission, il a connu la fournaise solaire de l'Afrique et ses yeux se sont brûlés à regarder le ciel immaculé, ici il découvre les pluies brûlantes et drues et l'odeur âcre qui s'ensuit – c'est la saison, la moiteur obsédante qui succède aux averses sous un ciel plombé et à présent, depuis une semaine exactement, il lui faut accepter de marcher à pas lents dans un monde en grisaille, où les feuillages sont comme les hachures dessinées par une main invisible, pas vraiment contente. Son grand corps de Viking normand d'un mètre quatre-vingt-quinze s'empêtre dans une végétation faite pour les singes acrobates et les créatures rampantes. Ses bottes se prennent aux lianes étendues près du sol, il perd l'équilibre, ses mollets se tétanisent.

— Quel pays !

Égaré avec ses compagnons dans le contraire exact de ses terres natales, où l'œil se perd vers l'horizon, il commence à douter de sa mission. Il a été reçu par une population indifférente, qui semble ne jamais avoir vécu vingt années catastrophiques. Les hommes somnolent dans les hamacs installés en sous-sol, les femmes vendent leurs légumes au bord des routes, quelques coupons de tissu, quelques bols d'épices. On pose sur le feu des tiges de bambou remplies de riz sucré, on découpe des mangues. Tout cela paraît si éloigné de la guerre.

— Quelle guerre ? s'étonnent les bonzes qu'il rencontre à l'abord des pagodes improvisées, constructions fragiles sur pilotis. Il y a eu une guerre, ici ?

Paul Duchesnes n'y comprend pas grand-chose, se demande ce qu'il fait là avec les autres.

— Où sont ces soldats qui refusent de rendre les armes ? Ils existent ?

— Ils vivent dans la forêt, vers le nord. On vous conduira, il faut connaître. Mais c'est dangereux, il y a les mines.

Et la fièvre n'arrange rien, qui s'en prend à lui depuis deux jours. La mauvaise fièvre des moustiques, les tremblements par intermittence, le corps qui sue et grelotte tour à tour, le tambour à l'intérieur de la tête.

— Un enfer, cette jungle. À ce point, on n'imagine pas.

Un mauvais dessin, une illustration de Dante que Botticelli aurait faite à la va-vite et qu'il aurait jetée par la fenêtre, en se disant qu'elle ne valait rien. C'est ce que se dit Paul Duchesnes en soulevant le képi bleu qu'on lui a remis à Paris, avec le pantalon en toile légère qu'il porte depuis huit jours, la chemise déjà trempée, huit fois lavée dans un lavabo, une bassine en cuivre, sous le jet capricieux d'un tuyau.

— Vous n'aurez pas d'arme, c'est le principe de la mission. Et trouvez-vous un interprète.

Paul – on s'en tiendra à présent à ce prénom biblique – a appris l'art militaire à Saint-Cyr et il participe avec d'autres officiers, un Italien, un Hongrois, un Serbe pour l'équipe européenne, à une opération de désarmement des derniers guerriers de la jungle, ces petits parasites qui obéissent toujours à leur chef, l'homme maigre qui circule à vélo. Une obéissance éperdue, irraisonnée. Quelque chose de désespéré, ce sont des hommes désespérés dit-on au Palais et de l'autre côté des frontières. Ce sont des cafards.

— Des sauvages, dit-on à Paris. Ils sont toujours là ?

La guerre dans le pays est officiellement finie, on pense que les derniers soubresauts de la guérilla des forêts seront bientôt oubliés, on construira de hauts immeubles en béton avec des toits en terrasse et des hôtels de luxe avec des piscines à des kilomètres de là, les plans sont déjà faits. Alors les villes revivront, les touristes afflueront auprès des temples avec leurs appareils photo, de jeunes prostituées en jupe très courte attendront en bavardant à l'entrée des maisons, assises sur un banc les unes auprès des autres. On célèbrera la fête de l'eau en inondant les rues à coups de tuyaux d'arrosage, on fleurira les pagodes avec de hauts bouquets de glaïeuls jaunes, on fera fondre le sucre de canne et l'on oubliera les vingt années noires. Ou l'on dira qu'on les a oubliées et à force de le dire, on le croira. Mais Paul sera tué, il sera le dernier mort de Tom, le petit poète.

Dans l'une de ses poches, quand on aura traîné le corps ensanglanté du jeune capitaine jusqu'au 4×4 militaire sali par la boue des chemins, on trouvera le livre de l'écrivain, qui ne le quitte pas depuis Roissy. On l'a vu le sortir de son sac et le glisser à l'intérieur de sa veste, comme on cache un trésor. On s'est demandé ce que pouvait bien lire un officier en partance pour le bout du monde avec son paquetage.

La couverture sera tachée de sang mais l'intérieur sera intact, à peine attaqué par l'humidité. Paul a lu le roman chez lui, en Normandie. Il l'a lu d'une traite, en une nuit parce que l'action se déroulait dans le pays où on l'envoyait. Il a très vite eu la certitude que ces pages, qu'il a trouvées sublimes et affolantes, l'aideraient à s'y reconnaître qu'elles lui serviraient en quelque sorte de talisman. À Saint-Cyr, on lui a appris qu'il fallait un peu de magie dans les poches des soldats, pour qu'ils restent longtemps vivants. Une lettre ou une photographie, un volume de poche, une prière au dos d'une image sainte, une médaille dans un portefeuille.

— Tu tiens vraiment à emporter ça ? lui a demandé Laurence, quand elle l'a vu préparer son paquetage.

— Avec ce livre dans ma poche, il ne pourra rien m'arriver. Il y a là-dedans un Allemand, un aventurier… je crois qu'il veillera sur moi, avec son drôle de nom.

Mais l'écrivain qui avait conçu cet aventurier magnifique n'était pas doué pour le bonheur, les tragédies le talonnaient et cela, Paul l'ignorait. On ne peut pas tout connaître de la vie des hommes.

— Quand on pense que les parents le voyaient pâtissier ! s'est écriée Claire en apprenant le départ de Paul.

Puis elle s'est détournée et a plongé son regard sur le nouvel assortiment de chocolats fourrés tout juste installé sur le présentoir, a fait semblant de vérifier le positionnement des carrés noirs, bruns et blancs, des pépites et des bouchées miniatures enveloppées dans des moules en papier. Ses doigts se sont agités, ont bousculé le meuble en bois reconstitué, quelques morceaux de chocolat se sont échappés de l'ensemble. Elle a soupiré et tout remis en place.

— Quand on pense que les parents…

Claire avait déjà prononcé cette phrase, exactement la même, sur le même ton exaspéré et cela signifiait qu'elle était inquiète, encore une fois, en vertu d'un code oratoire très personnel. Avoir un frère tout droit sorti de Saint-Cyr était une situation certainement enviable – elle parlait souvent de Paul à ses clients les plus fidèles, au couple de pharmaciens dont l'officine se trouvait au bout de la rue, aux propriétaires du 8 à Huit qui étaient ses voisins. Elle le faisait avec une grande fierté – mais elle aurait aimé qu'on enferme à double tour les officiers au terme de leur cursus, qu'on leur aménage des bureaux aux volets clos, où ils travailleraient huit heures par jour, vêtus de leur bel uniforme, casque à plumet sur la tête. On leur interdirait tout aéroport, toute voiture militaire, on les délesterait de leurs munitions et l'on contrôlerait leurs allées et venues, on leur fermerait les frontières, afin qu'ils ne soient jamais tués. Elle aurait voulu une armée d'officiers d'opérette, qui paraderaient le 14 Juillet et s'en tiendraient là.

— S'il meurt avant moi, je deviendrai folle, clamait-elle dans sa boutique qui ne désemplissait pas.

Les clients venaient de loin pour goûter à ses spécialités – on parlait d'un gâteau qu'on ne trouvait que chez elle, une tuerie disait-on. Pas besoin d'avoir faim, ça se mange tout seul. Après, il y a les chocolats.

— Et le baba au rhum qu'ils font là-dedans. Et les gaufres, vous avez vu la queue dans la rue ?

— Les gaufres, c'est après deux heures, disait Claire. Regardez votre montre.

— Laissez, nous prendrons autre chose. Vous parliez de votre frère… Ces hommes sont bien courageux en tout cas.

— Des héros, tous autant qu'ils sont, oui. Je sais. Du coup, et qu'on me pardonne si je dis une bêtise, j'ai fait attention, j'ai épousé un gendarme. C'est moins dangereux la gendarmerie, surtout par ici où il ne se passe jamais rien.

Puis elle enfilait ses gants transparents, faisait coulisser une vitre devant elle.

— En attendant, je vous mets des pralinés ou des ganaches ? J'ai aussi une nouveauté, un chocolat noir aux pépites d'orange, avec juste ce qu'il faut de calvados pour vous emporter le palais. Essayez, vous m'en direz des nouvelles… et pour en revenir à mon frère, je vais vous dire une chose, un énergumène comme lui dans la famille, toujours à risquer sa vie, ça n'est pas un cadeau du ciel !

Et dans la rue des Bains qui peinait encore à se croire en été résonnaient alors, au milieu des senteurs gourmandes les plus réputées du coin, le fracas des batailles, le choc assourdissant des armes et les ordres sonores des officiers. Tandis que la mer, en contrebas, n'en finissait pas de s'en aller, laissant apparaître des îles.

Paul s'est réveillé à cinq heures ce matin, l'air était déjà chargé de cette chaleur humide qu'il oppose à ceux qui sortent des chambres. Plus tard, en attendant l'interprète, il a écrit à Laurence sur un coin de table. Ce sera en quelque sorte sa lettre d'adieu, il l'ignore et Laurence se dira cela quand elle la recevra beaucoup plus tard, qu'il ne savait pas. Que son écriture serrée – des pattes de mouche, comme d'habitude – était encore innocente et vierge de toute tragédie, de tout caractère définitif. Elle pensera qu'il est toujours affolant de faire malgré soi quelques pas en arrière, de remonter le temps de quelques heures, de quelques jours avant que la mort ne soit venue tout arrêter. Et elle comptera à l'envers, du dimanche abominable jusqu'au lundi de l'arrivée de Paul dans ce pays, où l'attendait un hélicoptère militaire. Une semaine à rebours, la dernière de son existence. Il avait eu le temps de lui écrire trois lettres très brèves, d'attraper une fièvre tenace sans doute due aux moustiques, de voir une femme sauter sur une mine et y perdre un pied, de manger cinq omelettes lyophilisées *made in USA*, de marcher sur les trottoirs de la ville avec d'autres gradés et de boire des bières au goût différent, de contacter un interprète, de parler avec lui. L'homme avait une soixantaine d'années et Paul se demanda s'il n'avait pas fait partie un jour des guerriers fous, lui aussi. Il ne lui posa aucune question sur son passé, s'en tint au costume clair que cet homme portait, aux sourires à répétition qu'il lui adressait. Il paria sur l'innocence, et la chance inouïe que l'homme avait d'être encore vivant. Il pensa aussi à sa femme, bien sûr, dans la solitude d'une chambre d'hôtel où il suffoquait parce que la climatisation était en panne. Il pensa à elle, à ce qui lui manquait tant en elle, déjà. À ce corps qui s'était offert à lui une nouvelle fois, la nuit qui avait précédé son départ.

— Fais-moi un enfant, avait murmuré Laurence dans l'obscurité de la chambre.

Le capitaine Paul Duchesnes descendit de l'avion affrété par les autorités, un Mi-26, un lundi de juin, alors que très loin de là on rouvrait l'aéroport de Sarajevo et que plus loin encore, des ouvriers creusaient un tunnel sous cette Manche qu'il connaissait si bien, où il pouvait se baigner par tous les temps, sous les applaudissements amusés de Laurence. Il mourut brutalement le dimanche suivant, en milieu de matinée, dans un monde bousculé une heure auparavant par un nouvel orage. En France et en Angleterre, les travaux du tunnel s'étaient arrêtés pour une journée et en ex-Yougoslavie, les avions décollaient, avec à leur bord des équipages habillés de neuf. Il mourut stupéfait de ce qui lui arrivait, attaqué brutalement par l'effroi, puis rendu à la conscience fulgurante d'un événement scandaleux, inacceptable. Privé de tout cri parce que la balle l'avait foudroyé et qu'il n'avait pas eu le temps de se plaindre, de réclamer à haute voix une raison, une bonne raison d'être tué. Laurence voudra connaître l'heure exacte de sa mort et recherchera avec passion ce qu'elle faisait, elle, à cette heure-là qui n'était pas du tout la même en Normandie.

Il était dix heures du matin là-bas dans la jungle, cinq heures du matin en Normandie. Laurence dormait, le jour se lèverait bientôt. La météo locale annonçait des éclaircies matinales, une température trop basse pour la saison, un ciel couvert l'après-midi. La mer était haute encore, les mouettes volaient en bandes désorganisées au-dessus du large, quelques-unes venaient s'égarer près de la plage, plutôt discrètes, on les entendait à peine. Les pêcheurs rentreraient bientôt au port avec les poissons, les femmes déjà réveillées les attendaient. Au terme d'une marche qu'ils trouvèrent interminable, dans un monde envahi de stridulations et de croassements, Paul Duchesnes et l'équipe européenne virent apparaître les soldats de la jungle, ces fameux petits hommes vêtus de guenilles noires et ce fut comme si l'on avait tiré un rideau, tout à coup. Un geste brutal, une main agrippée à la toile, qui tire et hop, des hommes assis, immobiles comme des statuettes en bois et qui les attendaient.

Le temps semblait s'être arrêté. En quel siècle se trouvaient-ils ? Sur quelle terre inconnue ?

Ils furent surpris par la maigreur des hommes, par ce trou presque clair aménagé au milieu du désordre végétal. Une table en bois avait été installée, avec des tabourets très bas, très inconfortables. Ils s'assirent comme ils le purent et de l'autre côté de la table, les hommes en noir les observèrent.

Il y eut un long silence. Puis l'un d'eux prit la parole et l'on aurait pu reconnaître Tom, à cette façon qu'il eut de plisser les yeux pour mieux voir, à son teint pâle de Chinois. Mais Paul Duchesnes venait à peine d'apparaître dans cette histoire, il ne pouvait pas tout savoir. Il écouta le petit homme au regard incertain, pensa qu'il n'avait pas l'air violent, que tout se passerait bien.

— Ils sont épuisés, au bout du rouleau, lui avait-on dit à Paris. Ce sera facile. Si ça se trouve ils n'y croient plus.

L'interprète traduisait les paroles du petit homme, Paul Duchesnes hochait la tête. La fièvre, tenace, s'en prenait à présent à son visage, ruisselant. Ses joues le brûlaient, il se mit à frissonner. Un concert de cymbales tintait dans sa tête, une armée d'insectes se heurtait à ses tempes comme à un mur de résonnance, il aurait voulu descendre de ce tabouret instable, trop bas pour son grand corps de Viking normand, et s'allonger à même le sol. Et dormir, peut-être.

Qu'on le laisse dormir un jour entier et une nuit, qu'on reporte cette mission impossible, que ce petit homme bavard se taise, que l'interprète crache sur ce visage de Chinois en lui hurlant des paroles qu'il puisse comprendre.

Cette langue était incompréhensible et paraissait simple, pourtant.

Puis il y eut ce bourdonnement dans ses oreilles qui l'empêcha d'entendre, il se pencha vers l'interprète.

— Qu'est-ce qu'il a dit ?

Alors Tom sortit un revolver de sa poche et tira en plissant les yeux.

À cause d'une légère inclinaison du grand officier en face de lui, d'une parole à peine chuchotée, Tom tua pour la dernière fois. Le corps du capitaine Paul Duchesnes, déséquilibré par le choc, s'affaissa sur le sol trempé. Tom détourna les yeux, rangea l'arme, se redressa sur son tabouret et reprit la parole, comme s'il ne s'était rien passé. L'officier italien fixa une branche loin devant lui, le Serbe plongea son regard dans un très mince rayon de lumière, le Hongrois s'en tint aux yeux de Tom, à présent brillants de larmes – un effet de la chaleur, pensa-t-il, ou de l'excitation. L'interprète sentit son cœur s'affoler et il contracta tout son corps, dans l'espoir de le calmer.

On dit qu'à la fin, quand tous se séparèrent et qu'on eut emmené le corps inerte de Paul Duchesnes, Tom s'en alla seul vers le petit temple où son père le conduisait autrefois, pour lui apprendre quelques belles histoires. Puis il s'arrêta devant l'arbre, hurla des paroles incompréhensibles, que l'arbre seul put traduire et il tira sur le tronc, à hauteur d'homme. Trois coups. Trois coups portés contre ce que la vie avait fait de lui, contre les espoirs saccagés, les idées tordues.

On dit qu'il en demeura longtemps des traces aussi visibles que celles qui un jour attaquèrent la frise sculptée d'un temple dans la cité ancienne, à quelques kilomètres de là. On ajoute que l'arbre aurait pu en mourir, qu'il tint bon plusieurs années parce qu'il était très vieux et que ses excroissances étaient fortes. Il aurait fallu faire le voyage, prendre un avion et une voiture pour aller vérifier, examiner de près toute la végétation, se fier peut-être au dessin des racines, à leur parcours spécifique, pour être sûr de ne pas se tromper, tant ils se ressemblent tous. On dit aussi que si l'on se met à abattre de tels arbres à coups de revolver, même dans un roman, alors les histoires des hommes n'auront plus de sens. Parce qu'il n'y aura plus rien pour les faire tenir debout.

En Normandie, Claire ferma la confiserie pendant une semaine, prétendant que la saison n'avait pas encore vraiment commencé, qu'on pouvait bien se passer un moment des douceurs qu'elle vendait. Elle se trouvait tout à coup privée de tout courage, vidée de toute énergie parce qu'amputée d'un frère. Elle aurait voulu que la mer se déchaîne un bon coup, que ses vagues géantes passent par-dessus le haut parapet qui séparait la plage de la ville, qu'elle détruise les digues. Que l'eau traverse la rue des Bains en quelques secondes et emporte tout : sa vie, ses jeux d'enfant avec Paul, leurs disputes et leurs réconciliations, la voix de Paul qui avait mué en quelques semaines, leur premier voyage ensemble à Londres qui avait tant inquiété leurs parents, leurs confidences au petit matin quand ils n'arrivaient pas à dormir, leurs moqueries au cours des repas de famille, leur ressemblance par moments – ces expressions du visage qui les faisaient frère et sœur, à la vie à la mort. Et les souvenirs s'accrochaient à elle, les uns contre les autres. Une lettre écrite après une dispute mémorable, *tout est entièrement de ta faute, tu es le pire frère qui existe au monde mais je te pardonne, profites-en et estime-toi heureux, je pourrais t'en vouloir toute ma vie.* Ces heures à guetter son retour par la fenêtre, parce qu'il tombait des cordes et qu'il était parti à vélo, et puis son retour, ses vêtements trempés, son air furieux, *fous-moi la paix, qu'est-ce qui t'arrive ? J'étais avec une fille. Tu es ma mère ?* Leurs anniversaires et leurs concours de cadeaux insolites – un chat errant capturé par Paul et qui sifflait et sortait ses griffes, *regarde comme il est mignon, il t'aime déjà*, un perroquet muet qui ne vécut pas longtemps, contrairement à ce qu'on dit de ces animaux, *il ne parle pas parce que tu l'intimides, avec moi il n'arrête pas.* Tous ces moments à deux se réunissaient à la fin en une masse compacte, une énorme boule de chagrin bruyante et agitée, qui la terrassait.

Tous les commerçants de la ville se réunirent pour assister aux funérailles du jeune capitaine mort en mission. Comme ils ne savaient pas trop quoi dire à une sœur et à une épouse si malheureuses, serrées l'une contre l'autre, ils se tinrent à distance. Le pharmacien lui-même n'osa lever les yeux vers Claire, il lui sembla avoir devant lui une femme différente, entourée d'une aura sacrée. Une intouchable, une femme glacée. Et puis le mort avait perdu la vie très loin de chez eux, tout cela était un peu abstrait, enfermé dans l'Histoire des peuples et difficile à réaliser.

Assez littéraire, finalement.

Le temps était toujours aussi maussade sur la région, on s'en prenait aux travaux sous la Manche qui contrariaient forcément les saisons, à une dépression venue tout droit d'Angleterre pour empoisonner les vacances des Français, ou à ce fameux cycle de cinq ans qui fabriquait les étés pourris. Mais un rayon de soleil vint éclairer l'autel au moment même où le prêtre prononçait le prénom de Paul. Claire trouva ce geste condescendant du ciel de très mauvais goût. Elle le dit à voix haute, Laurence éclata d'un rire nerveux et le prêtre tourna la tête vers les vitraux, pour comprendre.

Huit mois et demi plus tard, un taxi conduisit Laurence à la maternité la plus proche et une enfant de trois kilos apparut sous la lumière froide des néons, avec son petit corps argenté. Elle cria et cette fois, le cri fut la chose la plus jolie au monde, qui balaya d'un coup la guerre, les hurlements de la jungle et le bourdonnement des insectes, les chorales de singes et la déflagration du revolver, les pleurs et les regrets. Claire, qui avait tenu à assister à l'accouchement, prit sa nièce minuscule dans ses bras, la félicita d'être aussi jolie et lui inventa une ressemblance flagrante avec son père. L'enfant fut nommée Lucie, qui signifie lumière. En grandissant, elle apprit peu à peu, par bribes, l'histoire de son père et fit de lui son héros. Quelques photographies du capitaine en costume de Saint-Cyrien l'aidèrent à construire le mythe du bel officier foudroyé en terres asiatiques et elle se figura les pagodes dorées, les parfums de citronnelle, les divinités assises en tailleur et les notes tranquilles des cithares, tout ce folklore. Elle rêva, cultiva cette mélancolie. Se fabriqua aussi l'image d'un soldat qui sentait la sueur et le tabac et coupait les lianes de la jungle à la machette en de grands gestes nerveux. Quand il marchait sur les trottoirs de la ville voisine, les femmes en sarong se retournaient sur lui en riant et dans les rizières, les dos courbés se redressaient sur son passage.

— J'ai eu un père extraordinaire, disait-elle.

Des garçons passèrent, qu'elle n'aima pas vraiment, elle fit semblant. Quelques hommes ensuite, qui furent séduits par sa blondeur et cette façon qu'elle avait d'occuper l'espace, où qu'elle aille. Cette *allure*, parce qu'ils parlèrent tous de cela, de son allure. Ils l'aimèrent chacun à sa façon et elle les quitta, car elle se lassait vite. Une parole malheureuse et c'était fini, elle s'éloignait.

Puis il y eut un très bel été, qui fit briller le sable et miroiter la mer, un été fait pour les plages immenses de sable que laissait au loin la marée quand elle se faisait basse, pour tout le vert de la campagne, un de ces étés lumineux qui emportent les cœurs. Lucie tomba amoureuse pour de bon et oublia le héros dans sa jungle, puisqu'elle en avait un autre à présent auprès d'elle, qui s'étonnait des mouvements de la mer, de sa disparition quand on se mettait aux fenêtres. Un héros différent à l'accent espagnol, très brun, bavard et pas du tout militaire mais tout aussi séduisant, pensait Lucie. Elle finit par se dire un jour que son père se trouvait bien là où il était, enfermé dans un passé flou. Et que la vie l'attendait, elle, avec son cadeau descendu du ciel.

— Tu brodes, lui dit Claire, tu arranges les choses, on dirait que tu as quinze ans. Il a juste été envoyé à Paris par sa boîte et il a pris une chambre ici pour le week-end. Et puis un autre week-end et encore un autre, parce que tu lui plaisais. Il voulait voir à quoi ressemblaient nos côtes et ce que ça faisait de sortir avec une Française. C'est comme ça que ça a commencé ou je me trompe ? Mais tu as raison, il est pas mal. Et il a l'air amoureux, ton Paco.

— Pas Paco, Pablo ! Tu fais exprès, Claire, arrête !

Mais un jour – un jour de tempête comme il s'en produit parfois, elle s'en souvient, les bateaux n'avaient pas quitté les ports – Pablo décida de la quitter. Les vagues faisaient disparaître les plages, les toits tremblaient et la nuit perdait son silence.

—Je retourne en Espagne, dit Pablo. Et ne me pose pas de questions, s'il te plaît.

Alors tout revint.

C'est la saison humide, notre hiver, nos mois de tourmente. Je souffre sous le vent qui s'est levé et la pluie déchaînée, mon tronc se fissure à mesure que les orages se suivent, il me semble qu'un jour je me fendrai en deux. Mes branches se dessèchent en dépit de l'eau qui tombe, elles s'inclinent, s'accrochent à ce qu'elles trouvent, dessinent d'étranges figures, désolantes. Mes feuilles se détachent par paquets et se répandent au sol au milieu des champignons jaunes. Il y a ces trois trous sur mon flanc, ces chancres noirs où viennent se nicher les araignées, pour s'abriter du déluge. Le petit poète a tiré sur moi, il m'a attaqué avec son revolver, a blessé mon écorce, l'a meurtrie et mes plaies paraissent profondes. Y étais-je pour quelque chose ? J'ignore ce qu'il est advenu de ce fou, je sais qu'il s'est ensuite éloigné de moi comme un beau diable en bousculant les herbes, les branches emmêlées qui tentaient de résister. En secouant la jungle, parce qu'il était en colère. Je suppose qu'il a regagné le campement, qu'il est allé interroger d'autres malheureux, selon les ordres du chef.

J'avoue avoir craché au visage de celui qui frappait à ma porte.

J'avoue avoir voulu m'enfuir.

J'avoue vouloir la ruine de mon pays, j'avoue désirer qu'il soit rayé de la carte du monde, qu'on n'en parle plus, qu'on oublie jusqu'à son nom.

J'avoue ce que vous voulez que j'avoue, dites-moi, donnez-moi quelques idées car je ne sais plus, moi, je ne sais plus ce que j'ai fait de mal, je crois que *ma conscience s'est envolée avec le vent qui souffle depuis deux jours, vous entendez ce vent ?*

L'interrogatoire constitue l'obéissance du petit homme aux Frères, au peuple nouveau. Sa soumission à celui qui porte les idées sur ses épaules.

Ou peut-être s'est-il enfui ? Il a du souffle et ses jambes sont agiles, il a pu courir très loin d'ici. Courir aussi vite que possible après son innocence, peut-être car il me semble qu'on ne tue jamais impunément.

Il m'a meurtri et j'ignore combien de temps je vivrai encore, on dit les arbres vigoureux, on veut les croire éternels, on se trompe. Il nous faut une sève qui circule à l'intérieur de nous et une grande volonté de croître. Je ne sais pas si je désire que tout cela continue − leurs folies et le vacarme des armes, ma présence ici tout près d'eux.

Car à la fin on s'épuise. Demandez aux pierres, elles s'effritent, s'érodent, tombent parfois les unes au-dessus des autres. Alors les vieux arbres...

Il s'appelle Tom et a écrit des poèmes, je l'ai vu enfant avec son père, le médecin. Ils arrivaient sans prévenir, me surprenaient chaque fois. Puis ils s'arrêtaient devant le temple. Le père parlait, lui écoutait, la tête un peu penchée, c'était joyeux. Je crois qu'il aimait beaucoup ces moments-là, cette solitude à deux. Ensuite il est devenu assassin, allez comprendre ce que les hommes ont dans la tête.

1996

Elle vit dans un village semblable à d'autres villages dans ce pays – un défilé de maisons pauvres écrasées de chaleur, dont on se demande comment elles tiennent debout. Elle a ouvert la porte très lentement, s'est inclinée devant ses visiteurs. A observé tout le matériel avec étonnement quand ils se sont trouvés à l'intérieur. Ces fils prêts à s'emmêler, cette odeur de plastique chaud. Puis elle a souri.

Le fameux sourire, celui des dieux et des hommes.

L'équipe a parcouru deux cents kilomètres sur des routes improbables pour la retrouver. On tient à la montrer, pourtant elle arrive trop tard dans cette histoire. Il n'y a plus rien à faire, c'est ce qu'on lui dira, des jours entiers avant le drame il n'y avait déjà plus rien à faire. Et l'on ajoute qu'il s'est agi d'une décision du *destin*. On emploiera ce mot.

— Brahma ne s'occupe pas de nos destins, dit celle qui l'accompagne, pour couper court et qu'on les laisse tranquilles. Brahma a fait son travail et puis il s'est détourné.

Puis elle ajoute, en direction de la caméra :

— Elle est bouleversée, vous feriez mieux de partir, maintenant.

— Il n'y a pas que Brahma. Laisse, je veux bien qu'ils filment.

C'est une très vieille femme aux cheveux gris coupés court, au visage strié de rides qui s'entre-croisent, quand on la regarde de près. Un tissage fait par le temps, serré. Elle tient à la main une pièce de coton à carreaux rouges cent fois lavée. Elle s'en servira pour essuyer ses yeux car elle pleure, par intermittence. Elle baisse la tête comme un petit animal vaincu, s'en va vers le fond de sa douleur et celui qu'elle a fait entrer dans sa maison avec toute l'équipe la laisse faire, impressionné. Il attend, ne veut pas la brusquer.

Qui a appris à cette femme la mort de Bophana et de Ly Sitha ? Et quand ? Est-ce celui qui lui parle en ce moment ? On ne connaît pas le début.

— J'ai passé toutes ces années sans savoir, murmure-t-elle. J'espérais depuis toujours qu'ils étaient vivants. Les enfants. Je pensais qu'ils avaient pu s'en aller, c'est ce que voulait mon fils, partir loin, l'emmener.

Elle est la mère de Ly Sitha, le petit bonze devenu cadre du peuple nouveau.

— Il disait qu'il la conduirait ailleurs quand la guerre serait finie. Qu'il avait essayé autrefois, déjà. Je me souviens de ça, de ce voyage qu'il voulait faire avec ses camarades.

La pièce est sombre, la femme qui se tenait encore à l'instant auprès d'elle s'est éloignée. Ses cheveux sont longs comme l'étaient ceux de Bophana, avant la guerre. De dos, on pourrait les confondre.

— Je voulais savoir s'ils étaient morts ou vivants. Maintenant je sais.

La très vieille mère de Ly Sitha frotte ses yeux avec la pièce de coton et il semble que ce mouvement ne s'arrêtera jamais. Quelque chose de circulaire, sans fin et qui renvoie à toutes les mères qui pleurent.

— Ils s'aimaient fort. Ils se sont toujours aimés. Ils avaient quoi, vingt-cinq ans ?

On la reprend :

— Votre fils avait vingt-sept ans.

— C'est pareil. Si jeune. Il se débrouillait pour la voir, dès qu'il pouvait. Pour une nuit, il allait la rejoindre.

On lui parle d'amour tragique, on évoque Shakespeare, elle ne comprend pas.

— Ce sont mes enfants, pourquoi ont-ils tué mes enfants ?

Et puis la jeune femme qui s'était éloignée revient, demande qu'on la laisse à présent et l'on éteint la caméra. On remballe tout, on la quitte, dans cette pièce à peine éclairée demeure l'image d'une chevelure épaisse et argentée. On retiendra cette vision-là, ces reflets d'argent dans l'obscurité.

On retiendra aussi, un autre jour et dans une autre séquence, les deux silhouettes qui marchent. Ce sont deux hommes, l'un plus grand et plus fort que l'autre. On les voit d'abord de dos et l'on remarque ce geste : l'homme plus grand − cheveux gris presque blancs − a posé une main sur l'épaule du petit homme qui avance à ses côtés. Il semble vouloir le pousser en avant, c'est un geste amical et c'est aussi un geste de haine, on ressent les deux.

Ils entrent dans une salle très vaste, aux murs sont accrochés des tableaux qui représentent des tortures, des interrogatoires sans fin. L'homme fort a fait partie des victimes et il va montrer les toiles qu'il a peintes à celui qui interrogeait autrefois des prisonniers. Pas lui, non. D'autres malheureux, dans d'autres pièces. Et le petit homme n'est pas Tom non plus.

— Regarde bien, j'ai peint de mémoire. J'ai vu tout cela. Tu es d'accord ?

— Oui.

— Et tu reconnais cette table ? Les tenailles te disent quelque chose ?

— Oui.

— Arrête de dire oui.

Le petit homme porte une chemisette bleue, ses joues sont creuses et l'on peut difficilement deviner son âge. Il vient de lever un bras en signe de défense. Juste l'avant-bras, les doigts tendus, écartés. Une protection.

— Je te parle de la vérité. Je ne pouvais plus marcher.

Le petit homme a levé la tête vers l'un des tableaux.

— C'était comme ça ou j'ai inventé ?

Le peintre montre un détail avec sa main, il n'attend pas la réponse, se déplace. Le petit homme a croisé les bras sur sa poitrine, il le suit comme un enfant suivrait son maître.

— Est-ce que ce sont des mensonges, dis ?

Le petit homme secoue la tête, il rit mais c'est un rire gêné, un rire qui vient du fond de sa honte.

— On était obligés, dira-t-il ensuite, quand ils seront sortis et que la caméra s'arrêtera de nouveau sur lui.

Moi je ne voulais pas être tué. C'était eux ou moi, vous comprenez ?

Si je garde ma colère intacte, semble penser le peintre qui s'en va, le dos bloqué dans une volonté de se tenir droit − on aperçoit sa silhouette sur le trottoir − alors ils gagnent.

— Après, pour le karma dont on parle, les dieux feront bien ce qu'ils veulent, je ne m'en mêle pas, dit-il quand on l'interroge à ce sujet.

2002

Il existe une photographie du chef, l'homme maigre qui roulait à vélo.

Qu'est devenu ce vélo ? On ne sait pas. Il faudrait aller fouiller la région, ouvrir d'autres pistes dans le désordre inextricable de la végétation pour découvrir l'endroit où il l'a posé, il faudrait s'obstiner dans une recherche qui ne servirait à rien.

Sur la photographie, il paraît très jeune encore et se tient debout sur un balcon assez long, au côté d'un autre jeune homme, qui le tient par l'épaule comme on le fait quand on pose avec un ami. Il sourit, on remarque ses dents déchaussées, seul détail désagréable sur une image plutôt charmante. Les jambes du jeune homme maigre – on pense à un adolescent docile – sont légèrement arquées, ce qui lui donne une certaine fragilité. On suppose une démarche maladroite, qui peut le faire reconnaître de loin et provoquer un attendrissement, une compassion. On imagine un grand enfant pauvre, heureux qu'on le prenne en photo, qu'on lui accorde une certaine importance, pour une fois. Bien content d'être là avec son camarade, aussi. Ce garçon à peine plus grand et plus âgé que lui, avec qui il peut parler des filles, de l'une d'entre elles surtout, qui l'a regardé l'autre jour et a caché son visage avec ses mains, ses deux mains en éventail pour lui dire qu'elle l'a vu, oui mais que c'est à lui de s'approcher, de faire le premier pas.

Tout cela. Et les rêves qu'ils font, tous deux, dans la solitude des chambres. Les pensées qui ont accompagné leur réveil – la photo semble avoir été prise un matin.

Seulement les costumes des deux garçons sont ceux des paysans. Noirs, avec une casquette, un foulard. On reconnaît ces costumes et c'est le noir qui cloche, d'abord. Il ne faut pas toujours croire au charme des photographies, à ce qu'on peut y lire. Le jeune homme aux jambes arquées fera tuer des milliers de personnes et peut-être a-t-il déjà commencé. Alors cette fille ?

— Je n'ai jamais prêté grande attention aux femmes, dira-t-il beaucoup plus tard, quand il aura perdu sa jeunesse et qu'on aura tué son épouse.

On dispose d'un autre cliché. Le temps a passé et le garçon maigre a vieilli, ses dents apparaissent avant tout autre chose, comme des crocs d'animal. Il ne sourit plus, ou à peine – une ironie tout juste perceptible – et ses sourcils sont levés, ses yeux agrandis, il paraît étonné. Il vient d'être arrêté.

— Que me voulez-vous ? Pourquoi êtes-vous là ? C'est ce qu'il a l'air de dire.

Ensuite ce sont des vidéos, des reportages, des témoignages. Le procès s'ouvre, il porte une chemisette Ralph Lauren bleue, ses cheveux sont gris, presque blancs et très épais, sa peau a jauni avec l'âge. Il jette un regard effrayant en direction des magistrats qui s'installent, il voudrait les tuer tous, pourquoi ne peut-il plus tuer ?

Et puis il se détend, laisse ses mains accompagner son discours, tout s'assouplit, « je suis désolé », dit-il. Il ajoute « personnellement... »

— Vous êtes sûr de ce que vous dites ? Il est vraiment question d'un regret ?

— Personnellement, oui...

— Dites-le haut et fort, pour qu'on vous entende.

— Je demande...

— Vous demandez pardon aux victimes ? Mais elles sont mortes, vos victimes.

— Je demande à être libéré, ce doit être une possibilité. Je demande à sortir de cette salle sans entrave aucune, à respirer un bon coup tout l'air de mon pays, où les dernières pluies ont amené un peu de légèreté. Je désire m'en aller marcher sur l'herbe humide au bord du lac, j'aime beaucoup les lacs, il m'est arrivé d'y jeter des filets pour attraper les poissons. La pêche était bonne, je m'en souviens. Je demande à aller prier aussi. Car souvent je prie, à présent... c'est nouveau, je sais. Tout le monde change.

Il tremble un peu tout à coup, se tourne vers son avocat et lui murmure quelques mots. C'est à cause de la climatisation, il a froid. On lui apporte une veste de costume coupée dans un tissu sombre, on en propose aussi aux témoins. Le président du tribunal a un visage rond et porte des lunettes.

— Un homme avec des lunettes, j'avais ordre de le tuer. Il me fallait obéir aux ordres, vous comprenez ? Je parle des ordres d'en haut, je n'étais pas le chef

suprême, loin de là. Je n'étais pas le numéro 1, j'étais
un pion.

2018

Lucie Duchesnes a eu vingt-cinq ans le mois dernier et l'on aurait du mal à retrouver, en la voyant, l'enfant fragile aux yeux très bleus qu'une sage-femme avait tendue à Laurence.

— Et comment l'appelle-t-on ?

— Je ne sais pas encore. J'ai oublié, peut-être Lucie…

Lucie est blonde comme l'était son père et mesure un mètre soixante-quinze, ce qui fait qu'elle dépasse généralement les autres femmes. Elle préfèrerait être moins visible de loin, n'a pas eu le choix. Elle a grandi d'un coup, comme poussée par une drôle de volonté d'atteindre le ciel et de se séparer des autres.

— Une asperge cette enfant, disait Claire. On sait bien de qui elle tient.

Et Laurence regardait ailleurs, là où n'existait surtout aucune image du beau capitaine.

Lucie a beaucoup pleuré après le départ de Pablo pour Madrid, elle a pensé que c'était la fin du monde, de son monde à elle. Un cataclysme provoqué par la trahison de celui qu'elle aimait et elle aurait voulu que la terre disparaisse, que l'humanité entière soit emportée, que tout soit fini pour lui aussi, et pour l'autre femme. Qu'on n'en parle plus.

— Cette manie qu'on a dans la famille, disait Claire, de vouloir que tout disparaisse. Mais ça te passera. C'était un imbécile, de toute façon. Tous les Espagnols sont des imbéciles, c'est bien connu.

Comme d'habitude, Claire avait l'art des raccourcis et des sentences définitives, toutes plus hasardeuses les unes que les autres. Lucie fit semblant de la croire.

— Et il est parti où, ce con ?

— Ne dis pas des mots pareils. Il a démissionné et il est rentré chez lui, à Madrid… elle est espagnole, c'est tout ce que je sais.

— Elle doit avoir du poil aux jambes. Elles ne savent pas s'épiler, là-bas.

— Arrête, Claire. Ça n'arrange rien, que tu parles comme ça.

Lucie imagina tout de même une femme très brune au corps recouvert d'un duvet épais et noir, aux sourcils en ailes de mouette, au pubis enfoui sous une fourrure épaisse et cela lui fit du bien. Elle se mit à rire malgré elle. Un petit rire franc et léger comme un chant d'oiseau.

— Tu vois ! s'écria Claire en la prenant dans ses bras.

Claire avait vieilli mais était restée, aux dires de tous dans la région, une femme séduisante que les hommes auraient bien mise dans leur lit. Le maire se retournait pour la suivre des yeux quand il la croisait, le pharmacien la courtisait en douce, les épouses la jalousaient.

— Pour qui elle se prend, avec ses talons de dix centimètres, et à son âge ! soufflait la patronne du *8 à Huit*, une grosse femme aux allures définitives de paysanne.

Lucie a réservé ce voyage au bout du monde – treize heures d'avion, deux vaccins combinés, cinq flacons d'anti-moustiques – parce qu'elle n'a pas trouvé une meilleure idée pour se consoler.

— Tu te rends compte que tu pars exactement au moment du week-end de Pâques ? lui a dit Claire. Tu réalises que tu me laisses tomber avec la boutique au moment où tous les Parisiens arrivent ?

— Je suis désolée, pardonne-moi.

— Allez va, console-toi et ramène-nous un petit homme aux fesses de fille qui ne comprendra rien à ce qu'on dira. Ou un Américain perdu au milieu des temples, il paraît qu'ils sont nombreux là-bas. Prends ton avion et tombe amoureuse, surtout. Et arrête de pleurer, tu me fatigues.

— Tu sais très bien pourquoi je vais là-bas, Claire.

— Tu t'en vas chercher des fantômes, je suis au courant, je vois bien ce que tu as dans la tête. Je ne crois pas que ce soit une bonne idée. Si tu t'imagines qu'un fantôme peut effacer une peine d'amour…

Dans les pensées en déroute de Lucie se promène, sur fond de sanglots, de nez qui renifle et de sursauts de colère, l'ombre d'un capitaine. Et elle s'en va sur ses traces, dans ce pays où Paul Duchesnes a vécu ses dernières journées et ses dernières nuits, où des hommes et des femmes lui ont parlé, lui ont proposé des choses à manger, une place derrière un pousse-pousse, une boisson, un lit où dormir, avant que l'un d'entre eux ne le tue.

— Il doit exister des marques de son passage, dit Lucie. Des empreintes, quelque part. Le souvenir de ses dernières paroles, de ses derniers pas. Des signes qui me parleront.

— Et tu te feras du mal. Mais bon, au point où tu en es.

Lucie ignore l'identité du meurtrier de son père mais a entendu parler du procès du chef, l'homme qui circulait à vélo. Elle sait sa condamnation à perpétuité, a vu un reportage à la télévision, récemment. Car l'homme vient de mourir dans un hôpital, son corps immobile recouvert d'une couverture rouge avec des dessins d'enfant, l'image l'a effrayée. Était-il responsable lui aussi de la mort de son père ? Elle l'ignore, manque de détails.

— Il vaut mieux ne pas trop savoir, disait Claire chaque fois qu'elle l'interrogeait. Fais comme ta mère, tiens.

Car Laurence avait décidé de fuir tout récit, de fermer les portes, les fenêtres, de se boucher les oreilles.

— Ne va pas l'embêter avec tout ça, ajoutait Claire. Elle a suffisamment souffert. Et puis pour te dire la vérité, on ne sait pas grand-chose. Alors quoi, tu imagines que tu vas tout apprendre, là-bas ? Qu'ils vont te montrer des photos ? L'herbe a repoussé, tu sais, les arbres ont grandi et ils ont construit des immeubles à étages, ils ont refait les routes, il y a du bitume et du béton partout. Et même des ordinateurs. Un pays en paix, ça n'est pas un pays en guerre. Même si ça ressemble, parfois.

À son arrivée, Lucie a été surprise par le froid à l'intérieur de l'aéroport − la climatisation, lui a-t-on expliqué. On s'habitue. Elle a grelotté dans son chemisier, s'est étonnée de ce qui lui arrivait, de ce lieu où elle se trouvait, seule, sa valise cabine à la main, sans maquillage et les cheveux attachés. Elle a senti une chape de tristesse fondre sur elle. Elle connaissait cette sensation. Elle respirait mal, avait envie de pleurer et c'était prévisible, on n'échappe pas ainsi à un chagrin d'amour. Cinq kilos de bagages et un avion, deux revues achetées à Roissy dans un point journaux et un sandwich sous cellophane avalé dans un terminal ne suffisent pas à effacer la peine, c'est beaucoup plus long et beaucoup plus compliqué.

— D'après les statistiques, disait Claire, il faut six mois. Mais ça reste à voir.

Puis passé le contrôle d'identité – une dizaine d'hommes et de femmes en uniforme au visage fermé, immobiles, assis derrière des tables, soucieux de ralentir les minutes, les heures et que ce ne soit jamais fini – elle a vu de loin le sourire de Bah, qui levait haut une pancarte où était inscrit son nom. Une barrière mobile les séparait.

Lucie et Bah ont le même âge, elles l'apprendront bientôt, s'en amuseront. Lucie est la fille de Paul Duchesnes et Bah est la fille de Tom mais elles l'ignorent, la vie crée des coïncidences qui ne se révèlent pas forcément, parce qu'alors elles seraient effrayantes. Et parfois les romans reprennent ces coïncidences, qui arrangent leurs affaires.

— Je vous ai vue de loin, au milieu des voyageurs, a dit Bah dans un français presque parfait. C'est bien que ce soit vous, on se demande chaque fois sur qui l'on tombera.

Dans le taxi qui les conduisait à l'hôtel, Bah s'est plusieurs fois retournée pour regarder Lucie, lui expliquer ce qu'elles feraient le soir même. Les yeux de la jeune guide étaient immenses et noirs, ses lèvres étaient maquillées, ses cheveux bruns attachés en une queue de cheval très haute.

— Vous parlez bien ma langue, a dit Lucie.

— J'ai appris seule. Mon père lisait des livres en français, mon grand-père aussi, je crois. Moi j'ai appris en écoutant des chansons.

— Des chansons ?

— Oui, les CD de Téléphone, j'aime bien. Vous connaissez Téléphone ? J'ai appris les paroles par cœur et je les ai répétées, jusqu'à ce que ce soit à peu près la même chose, il m'a fallu du temps et je crois que j'ai réussi. Du coup, l'agence m'a engagée. Vous n'êtes pas trop fatiguée par le voyage ? À l'hôtel vous pourrez vous changer, je vous attendrai.

Lucie et Bah ont beaucoup parlé, le lundi, le mardi et les autres jours. Elles ont fait la sieste sur des hamacs installés dans les cours des restaurants, se sont confié des choses. Bah a refusé de prendre ses repas avec Lucie.

— Je vous attends dehors, c'est la règle. Les guides d'un côté, les clients…

— Je ne suis pas une cliente, pas exactement. Il y a l'histoire de mon père…

— Vous me raconterez, là il faut y aller. Mais buvez de l'eau avant, la température monte vite.

Elles ont gravi lentement les marches des grands temples, ont observé les visages énigmatiques des dieux et des démons, cet air qu'ils ont de vivre sur d'autres planètes, bien tranquilles dans leurs histoires. Elles ont traversé les villes bruyantes encombrées de vespas, ont pris un train, un bateau à moteur qui semblait tout droit venu du royaume d'Annam, ont mangé des soupes où nageaient des morceaux de poissons. Elles ont visité le Palais, sont entrées dans les pagodes, ont contemplé le vol des chauves-souris, se sont arrêtées au-dessus des rizières à sec. Parfois Bah trébuchait sur un mot, se fâchait et Lucie riait, vous n'avez aucune patience, vous !

— J'aimerais qu'on se tutoie maintenant, a dit Bah. Ce n'est pas prévu par l'agence, mais si tu veux bien…

— Je veux savoir ce qui est arrivé à mon père, a dit Lucie.

— Il s'est passé beaucoup d'événements ici, personne n'en parle plus. Tu veux qu'on s'arrête là-bas ? Ils vendent des mangues, tu les goûteras. Ça rafraîchit, aujourd'hui c'est plus dur que d'habitude. D'ailleurs tu as remarqué ? Il fait trop chaud pour les moustiques, ils dorment.

Lucie supportait plutôt bien cette chaleur humide, il lui semblait qu'elle enveloppait peu à peu son chagrin dans une couche de ouate, quelque chose de très doux, une épaisseur un peu confuse où se perdaient les images.

— L'homme que j'aimais m'a quittée, a-t-elle dit.

Il faut que tu en parles à Shiva, a répondu Lucie.

Puis elle a éclaté de rire.

— Je ne crois pas que Shiva sache guérir les chagrins d'amour. Mais j'ai de la peine pour toi. Moi j'ai un amoureux, il est guide comme moi mais il est marié, c'est compliqué. Peut-être qu'il ne m'aime pas, je n'arrive pas à savoir.

Lucie trouvait Bah ravissante, Bah était épatée par l'allure princière de Lucie, qui provoquait l'étonnement des hommes partout où elle passait. Elle avait appris par cœur des dates, des noms de dynasties et quand elle récitait tout ce qu'elle savait, alors Lucie se laissait bercer par sa voix et ne l'écoutait plus. Elle regardait le ciel très bleu où flottaient quelques nuages, se demandait quel ciel avait pu regarder son père. Elle imaginait d'autres couleurs, d'autres dessins, des images rendues somptueuses et graves pour la circonstance.

— Il s'appelait Paul, c'est un prénom d'apôtre.

— Qu'est-ce que c'est, un apôtre ?

— Un personnage important, qui n'a que deux bras. Un soldat a tué mon père, près d'ici.

— Ils se cachaient dans les forêts vers le nord, c'est ce qu'on raconte. Moi je ne sais pas trop, ça ne m'intéresse pas. Ça n'intéresse plus ceux de mon âge, tu comprends.

Quand Lucie parlait de son père, Bah baissait la tête et frottait ses pieds sur le sol. Un petit taureau, pensait Lucie. Un petit taureau dans l'arène.

Alors elle se taisait.

J'ai rêvé d'un autre monde, chantait Jean-Louis Aubert dans le brouhaha des visiteurs et les cris des singes énervés, là-haut dans les arbres.

— Mon père a dû être tué près d'ici, a dit Lucie. Où exactement, ma mère n'a jamais voulu le savoir. Et regarde cet arbre, il a l'air mort, lui aussi.

— Pas encore. Mais il est mal en point. Il repartira peut-être, par ici les arbres sont particuliers, on ne peut jamais savoir ce qu'ils vont faire, jusqu'où ils vont monter, jusqu'où vont aller leurs racines. Ils sont… comment dit-on dans ta langue ? ils sont caractériels, nos arbres.

Lucie s'est penchée vers l'arbre blessé, a caressé d'un doigt hésitant les entailles dilatées, les

— Je connais cette histoire. Il était accompagné de sa femme, elle était folle de lui.

— Elle aussi… la nuit quand je ne dors pas, j'écris des lettres à cet homme, le guide dont je t'ai parlé. Je ne les lui ai jamais données. Un jour sûrement, ou alors je les jetterai parce que j'en aurai assez… il ne veut rien dire sur sa femme, ses enfants, il dit que parler d'eux le rend malheureux, qu'il est à plaindre autant que moi. Et puis il secoue la tête, ses cheveux bougent et alors tout ça s'en va, tous ses remords.

Bah imite l'homme qui fait fuir ce qui le dérange, sa queue de cheval balaie l'air et Lucie sourit, elle voudrait consoler Bah, les mots ne viennent pas.

— Le voleur des statues a abandonné sa femme et elle l'a aimé toute sa vie, c'est une mauvaise histoire, assez ridicule. Elle disait qu'elle lui en voulait à mort mais elle ne parlait que de lui, comme si ses paroles allaient le faire revenir… tu crois que les hommes reviennent, quand on pense très fort à eux ?

— Je ne sais pas, il est souvent difficile de les comprendre. Regarde le petit bonze qui attend, là-bas. Lui, est encore un enfant, il n'a peut-être jamais été amoureux.

À l'entrée du temple, l'enfant moine s'est arrêté, comme rendu immobile par la solennité du lieu − une parole entendue, peut-être, des mots venus de très loin pour le consoler. Ou lui raconter une histoire, une histoire très longue et très violente qui lui expliquerait le monde. Lucie a contemplé un moment cette petite tache orange au milieu des pierres, ce concentré de pauvreté au crâne rasé et à la peau nue − une vision fragile toute prête à disparaître.

— Son maître va l'appeler, a dit Bah, il ne doit pas rester ici. Les bonzes n'aiment pas trop côtoyer les visiteurs. Ils prétendent qu'ils ne les voient pas, que nous leur sommes transparents, mais je sais que c'est faux. Ils disent aussi qu'ils ne voient pas passer les guerres, qu'ils avancent comme des aveugles et ne sont au courant de rien. Ils disent bien ce qu'ils veulent, moi je vois leur étonnement dans leurs yeux. Par moments ils sont… effarés, c'est le mot ?

— Effarés, oui, c'est un mot qui existe.

Puis plus tard, alors que le jour commençait à baisser et que Lucie réclamait un souffle d'air, un répit dans la chaleur du monde, Bah a parlé du fleuve.

— Sous notre fleuve dont tu connais le nom existe une ville très belle, uniquement peuplée de femmes. Elles se saluent en se croisant et prient ensemble, dansent aussi parfois à la nuit tombée – des mouvements très simples qui conviennent à toutes. Et ces femmes un jour deviennent grosses et elles enfantent des filles.

— Rien que des filles ? Et avec qui les font-elles, ces filles ?

— Avec le vent. C'est le vent qui les pénètre aux premières heures du jour et les féconde, tandis qu'elles dorment encore. Pense à cette histoire, alors tu sentiras le vent courir sur ta peau, dans tes cheveux, ce sera très agréable.

Et dans le silence revenu, Bah a sorti un éventail de son sac et l'a agité devant le visage de Lucie, qui a rejeté sa tête en arrière et a fermé les yeux.

— Profites-en, a dit Bah, parce que je ne connais pas trente-six histoires de ce genre !

Le troisième jour, qui était un mercredi, Lucie a reçu un message de Pablo. Il s'inquiétait, voulait s'assurer qu'elle allait bien, qu'elle n'était pas trop malheureuse et qu'il pouvait dormir tranquille, aimer une autre femme le cœur léger. Lucie a éteint son portable et l'a rangé au fond de son sac.

— J'ai passé la nuit avec cet homme, le guide, lui a confié Bah. Il s'était débrouillé. Ce n'est pas souvent.

Lucie a remarqué un changement dans son visage, quelque chose de très fugitif – un supplément de mélancolie, ou une déception.

— Il faudrait que les nuits ne finissent pas, quand on y pense. Celles où l'on est une reine. Mais maintenant je suis fatiguée. Viens, la voiture nous attend.

Le chauffeur qui les conduisait vers la forêt roulait vite, Bah restait silencieuse et Lucie a pensé qu'elle avait fini par s'endormir, bercée par le bruit du moteur. Elle a fermé les yeux. Le chagrin revenait tout à coup, insistant, accroché aux vitres de la voiture, au tissu des sièges et le message de Pablo tournait en boucle dans sa tête.

Comment vas-tu ? Dis-moi que tu vas bien, réponds-moi.

Puis il y eut le hurlement des freins, la pression dans les poitrines, les épaules, les jambes. Les corps retenus par les ceintures de sécurité se crispèrent en avant, ils résistèrent de toutes leurs forces à la projection annoncée et le temps se ralentit, distendu comme un bâton de guimauve. Bah cria quelque chose dans sa langue, le chauffeur s'excusa en agitant une main.

— S'il abîme la voiture, dit Bah, c'est grave. Tout est grave dans ce pays, il faut s'habituer.

— Le pilleur de temples, répondit Lucie en se calant de nouveau au fond de son siège…

— Il a eu un accident ?

— Non, ses fils. Il a perdu ses deux fils. On n'en a pas trop parlé, je crois. Je ne sais plus comment je l'ai appris.

Le chauffeur avait redémarré en remerciant Bouddha ou Shiva, ou Ganesh ou quelque autre être sacré et en les priant de ne pas lui en vouloir. Les voitures reprirent de la vitesse et Lucie contempla la route, le défilé des maisons sur pilotis, les magasins de fortune installés au bas des façades en béton, des toits en tuiles. Elle se demanda ce qu'on pouvait bien vendre sur ces étals à n'en plus finir, ce qu'on pouvait bien offrir de précieux à ceux qui passaient.

— Tu voulais savoir, pour ton père, expliqua Bah. Il a eu les mêmes choses sous les yeux, c'est sûr. Le même décor. Les cours, les hamacs, les boutiques, les chiens partout. Il a entendu les mêmes bruits, senti les mêmes odeurs. Ici rien ne change, les guerres passent, c'est tout. C'est ce qui les rend moins tragiques, finalement. On sait qu'un jour ce sera fini et que le temps s'enroulera.

Bah se trompait, le capitaine Paul Duchesnes n'avait pas eu un regard pour le bord des routes qui l'emportaient vers sa mission. Assis avec les autres dans le 4×4 militaire, brûlant de fièvre, il avait fixé un point droit devant lui – ou fermé les yeux par moments, gêné par la concentration qu'il s'était imposée et le tambour qui battait dans sa tête. À un moment, il avait pensé s'endormir et s'évader ainsi du véhicule et des secousses que l'état des routes lui imposait, de son devoir d'officier, de ce qu'il considérait la veille encore comme sa vocation, sa raison de vivre. La fièvre l'épuisait et il ne savait plus très bien ce qu'il voulait. Au loin, passés quelques virages très larges, là où le monde devenait beaucoup plus compliqué, la mort l'attendait, bien installée derrière une table en bois clair. Patiente. Et elle tirait un fil invisible tendu dans la végétation, qui l'amenait à elle.

Dans ces conditions, le reste s'effaçait, forcément. Ne restait que son corps douloureux, ses tempes qui battaient, ses tremblements par moments. Rien de si effrayant, sauf que tout était devenu très différent.

— Il a dû être touché par ton pays, dit Lucie, tandis que la voiture dépassait une famille en équilibre instable sur une vespa. Il a sûrement été ému comme je le suis, moi. Cette vie paisible en dépit de tout. Et il a peut-être pensé rester ici, ne jamais revenir, pourquoi pas ? C'est ce que ma mère disait, qu'il ne serait peut-être pas rentré de toute façon. Qu'il y a des terres qui vous retiennent, ne vous lâchent plus et elle répétait ça, m'a-t-on dit, des terres sauvages et qui veulent tout pour elles. Elle pensait que c'était ce qu'il était allé chercher à Saint-Cyr, cette possibilité d'atteindre de telles terres au gré de ses missions et de s'y perdre un jour. De se laisser prendre. Je crois que c'était ce qu'elle avait trouvé de mieux pour se consoler. Mais elle avait peut-être raison, pourquoi pas ?

Bah ne répondit pas et Lucie pensa qu'elle s'en était retournée dans sa nuit avec l'homme qu'elle aimait, dans les parfums de la chambre d'hôtel, dans l'obscurité à peine dérangée par la clarté diffuse de la lune. À l'avant de la voiture, la nuque de la jeune guide, emportée par les oscillations du véhicule, semblait bercée doucement par quelques rêves supplémentaires.

Tandis que très loin de là, on célébrait la Semaine sainte. Lucie y pensa-t-elle au cours de ce trajet ? Il valait tellement mieux qu'elle s'éloigne de tout cela. Qu'elle oublie les dates, les lieux, la langue qu'on parlait dans cette ville lointaine où se trouvait Pablo à présent. Et les visages qu'on pouvait y apercevoir, si l'on regardait bien.

Les cheveux noirs de Pablo

Ses yeux qui semblaient tourner sur eux-mêmes quand il riait.

Et ses joues qui se couvraient d'une ombre brune, quand arrivait le soir.

Il était préférable que Lucie s'en tienne au spectacle d'une pauvre route à deux voies et à l'image de Bouddha, qui ne lui ferait pas de mal, avec son air de se moquer du monde comme il va.

N'empêche que là-bas la procession avançait, avec ses figurants en rangs serrés, ses solennités et les femmes se prosternaient devant leur Macarena couronnée, empêtrée dans les dentelles blanches de sa robe mais qui se voulait somptueuse, immensément vénérable.

Dans les rues espagnoles se déroulait l'histoire du Christ et de Marie, une histoire très belle et très douloureuse, qui chaque année recommençait et jetait aux orties les chagrins ordinaires, les maladies d'amour. Et la foule des curieux levait les bras en brandissant les téléphones, tandis que sur les balcons des immeubles, des silhouettes se tenaient immobiles, corps serrés les uns contre les autres, figés par une ferveur qui avait quelque chose à voir avec toutes les religions du monde, toutes les croyances. Une émotion qui les dépassait, tous et les faisait se pencher quand la procession s'éloignait, que les capuches des pénitents devenaient de lointains triangles tremblants dans la lumière.

Où était Pablo, parmi tous ceux qui assistaient à la procession ? Avait-on une chance de l'apercevoir, en le cherchant dans la foule ou en levant les yeux vers les façades, les toits, afin qu'il garde une place dans cette histoire ? Était-il pris, lui, par cette ferveur collective, ce trop-plein de compassion ? Peut-être valait-il mieux qu'on n'entende plus parler de lui, plus jamais. Qu'il disparaisse, abandonné quelque part au fond d'une rue ou à l'intérieur d'une chambre aux volets clos, tout occupé à caresser le corps de celle qui l'avait conduit à quitter Lucie.

— Un de perdu, disait Claire.

On pouvait même oublier son nom. Pablo, cela ne faisait que deux syllabes. Mais non.

— Il faut comprendre, cette autre femme est si belle. Regardez-la, ces hanches de déesse, ces seins à tomber et comment pouvais-je résister, pourquoi l'aurais-je fait, au nom de quoi ? Oui, nous sommes sortis de la chambre elle et moi, en nous tenant par la main, nous voulions voir la procession. Le bruit nous a attirés, les images ensuite et un vieux reliquat de croyance, peut-être. Mais tout ça est confus… Pour vous dire la vérité, j'ai vécu cette période dans une sorte de brouillard, j'en ai peu de souvenirs, tout se mélange, la Normandie, Madrid. Il me semblait que j'étais amoureux, que je l'avais été, je ne savais plus vraiment. Pourquoi faut-il qu'on me pose des questions, maintenant ? Pourquoi faut-il qu'on revienne sur moi ?

— Mais parce qu'elle a de la peine, beaucoup de peine.

Quand il apprendra plus tard la mort de Lucie parce que Claire se décidera à le prévenir, Pablo dira avoir eu beaucoup de mal à se détacher d'elle, les premiers temps.

— Il faut me croire, j'avais son visage…

— Mais c'est bien vous qui l'avez quittée ?

— Moi ? … oui, si vous voulez. Mais on se quitte toujours un peu à deux, non ?

Puis il s'en ira rejoindre celle qui l'attend et craint de se perdre dans la foule. Il y a encore tant de monde dans les rues de Madrid, tant de gens rassemblés sur les places, il ne faudrait pas que Pablo l'oublie et la laisse seule au milieu de la ville.

Le dernier jour était un samedi. Au cours de son séjour, Lucie n'avait pu se faire qu'une vague idée de ce que furent les derniers moments du capitaine. Elle avait imaginé la chaleur à l'intérieur de la voiture militaire, les silhouettes noires, quelques sons et la course des lézards, les jeux des singes. Mais l'essentiel lui avait échappé, bien sûr : le lieu précis de la mort de son père dans ces enchevêtrements de végétation où tout se ressemble, le visage et la silhouette du meurtrier, son nom et le regard qu'il avait lancé à sa victime, à la dernière seconde. Et puis les dernières paroles entendues, les derniers mots proférés, traduits avec précipitation par un interprète inquiet et ce n'était pas si grave au fond, car ce pays n'était pas du tout fait pour le ressassement. C'était sa réputation, on disait qu'il fuyait la mémoire comme on fuit un animal dangereux. Lucie n'y avait pas cru au début et puis elle s'était laissée entraîner.

— Tu verras, lui avait dit Bah, tu oublieras ce pour quoi tu es venue. Ici on tient à ce que la vie reste jolie. Tu as vu nos danseuses ?

Au fil de la semaine, les routes, les lacs et les forêts avaient conduit Lucie sur des chemins plutôt joyeux et colorés − les lèvres peintes de Bah éclatantes dans la lumière du jour, ses erreurs de langage qui la faisaient rire et le sourire des divinités aux yeux étirés, qui regardaient loin devant elles, là où les crimes ne servaient plus qu'à construire des mythes. Le fantôme du héros s'était peu à peu effacé, auprès des temples qui se ressemblaient tous. Quant à Pablo, son corps, l'odeur de sa peau, sa voix même s'en allaient peu à peu, bon an mal an, rejoindre le capitaine au milieu de ce qu'on appelle les souvenirs. Lucie avait rangé ses idoles. L'une arborait un bel uniforme d'officier, l'autre portait un polo Lacoste et les images parfois devenaient floues. Elle aimait ces deux hommes, c'était sûr, mais d'assez loin tout à coup et c'était comme si elle avait étendu les bras pour les repousser un peu, leur demander de la laisser tranquille. Il faisait si chaud. Ce pays brûlant l'avait emmenée ailleurs, déroulant très vite quelques sortilèges dont il avait le secret.

C'était donc un samedi d'avril et la fin de quelque chose. Savaient-ils seulement, tous, ce qui arriverait ? À Madrid, la Semaine sainte s'essoufflait dans une sorte d'avertissement, les foules aspiraient déjà à un peu de calme, tandis que dans les villes côtières du pays quelques-uns, de plus en plus nombreux, s'échappaient des trottoirs pour aller marcher sur le sable et sentir la chaleur du soleil printanier, respirer l'odeur de la mer et compter les mouettes. Dans les rues encore bruyantes, Pablo sentait monter en lui la nostalgie des marées et des couchers de soleil sur des plages immenses et plates. Il n'en disait rien, convaincu que la moindre allusion à la Normandie ferait revenir le visage de Lucie, ses gestes familiers, et qu'alors il se sentirait perdu.

— Qu'est-ce que tu as ? lui demandait sa belle Espagnole en secouant ses cheveux noirs.

— Rien. Laisse, je suis fatigué. Ce sont tous ces gens. Et viens, il est temps de déjeuner.

En Normandie, Claire de son côté s'en sortait assez mal avec l'afflux des touristes, attirés par un beau temps exceptionnel. La boutique se remplissait par vagues et elle ne savait plus où donner de la tête.

— La famille, disait-elle, ne m'en parlez pas. Ma nièce a trouvé le moyen de partir au moment où ils arrivent, tous. Et qu'est-ce que je pouvais y faire ? L'attacher ?

Mais elle gardait la tête haute et souriait aux Parisiens qui entraient par paquets, le nez en l'air, exaltés par les effluves de chocolat et la vue des petits gâteaux alignés, si colorés.

— Non, juste cent grammes s'il vous plaît. On a déjà pris les éclairs, on ne va pas non plus se gaver.

— Bien sûr que si ! Le chocolat, si on n'en mange pas trop, ce n'est plus du chocolat. Je vous rajoute une bouchée ou deux ? C'est du praliné, fait maison comme tout le reste, regardez cette couleur, et ces petits grains…

— Allez, vous avez raison. Et puis les vacances sont presque finies, on se mettra au régime à Paris.

— J'aimerais t'emmener chez moi, dit Bah ce samedi-là où tout allait s'arrêter. Je voudrais que tu voies ma maison avant de rentrer à Paris. Il y aura peut-être mon frère, il passe souvent. Je t'ai parlé de lui ? Il est médecin, comme mon grand-père. Il travaille en ville, il a l'air heureux.

C'était le dernier jour pour Lucie et tandis que Pablo, très loin de là, s'agaçait des hésitations de sa belle Espagnole face à la carte d'un restaurant, au moment même où il se mit à penser clairement qu'il avait fait la bêtise de sa vie ‒ mais il suffirait qu'il appelle Lucie et tout s'arrangerait, se disait-il ‒ le chauffeur conduisit les deux jeunes femmes jusqu'au village de Bah.

— Tu es sûre que c'est un village ? Demanda Lucie quand la voiture s'approcha. On dirait une rue, une rue qui s'en va loin.

— C'est un village en longueur, c'est comme ça chez nous. On s'étire. Ma maison, c'est la dernière, que tu vois là-bas.

Lucie découvrit une bâtisse sur pilotis, à peu près semblable à celles qu'elle avait aperçues sur le bord des routes. Un gros calotropis offrait son ombre à un étal de tissus, au-devant de la maison.

— Le petit commerce de ma mère, dit Bah. Ici toutes les mères font ça. Les voisins viennent choisir.

Lucie leva les yeux et remarqua un double toit à deux pentes, un balcon, un escalier extérieur qui lui parut très fragile, prêt à s'effondrer au moindre coup de vent. Elle se demanda comment tout cela tenait. Le niveau inférieur de la maison était un gouffre d'ombre,

Tom le poète s'y trouvait mais Lucie ne le vit pas tout de suite. Quand elle remarqua enfin sa présence, cette forme humaine immobile dans l'obscurité d'une cour, elle s'étonna.

— Ne fais pas trop attention à mon père, dit Bah. Il passe la plus grande partie de ses journées couché là. Il dit que c'est la meilleure place, celle qui lui convient et qu'il faut le laisser tranquille, l'oublier. C'est… comment dites-vous tous, dans votre pays, quand tout ne va pas très bien ? C'est *compliqué*, c'est ce que vous dites ?

Lucie ne répondit pas. Tom était allongé sur un lit de fortune – un matelas recouvert d'un drap coloré, posé sur une structure en fer. Il était étendu sur le côté, à l'image du Bouddha couché, pensa aussitôt Lucie. Mais un Bouddha exsangue et pâle, qui semblait très vieux et ne savait plus sourire. Ou refusait de le faire.

— Tu peux lui parler, mais il ne te répondra pas. Il dit rarement trois mots, c'est comme ça. Il faut s'habituer.

— Qu'est-ce qu'il a ?

— Rien. Mon frère dit qu'il est en bonne santé, que c'est dans sa tête. On ne sait pas, on fait avec. Un jour peut-être ça lui passera. Mon frère dit que c'est possible et que si notre grand-père était là, alors il le secouerait. Mais nous, on ne peut pas faire grand-chose. Et ma mère a depuis longtemps abandonné l'idée de le faire revenir à nous. Elle dit que ce n'est pas grave, qu'on n'a plus vraiment besoin de lui, qu'il faut juste le préserver du pire.

— Le pire ?

— Les regards des voisins surtout, quand ils traversent notre terrain pour rentrer chez eux – ici il n'y a pas de clôtures, on marche où c'est le mieux, tu verras. Les voisins montrent bien qu'ils le détestent, même s'ils ne disent rien et ils pressent le pas. On fait attention. Mais viens à l'intérieur, laisse-le.

Lucie s'avança tout de même vers Tom, qui la regarda avec curiosité et alors les yeux du poète d'autrefois se plissèrent légèrement, comme il le faisait des années plus tôt et Lucie détourna la tête, parce qu'il lui sembla que quelque chose de très coupant l'atteignait, frôlait sa chair.

— Il ne voit plus grand-chose, dit Lucie. Il se plaint parfois dit qu'il deviendra aveugle, qu'il a toujours été myope mais que c'était moins désagréable, parce qu'en s'approchant bien il s'en sortait. Mon frère dit que c'est la cataracte, qu'il faudrait l'opérer à l'hôpital. Bien sûr il refuse, il est têtu. Sacrément têtu. Mais c'est notre père !

À ce moment, un souffle de vent venu d'on ne sait où fit se mouvoir l'espace autour de Tom. Il se tourna lentement sur le dos, posa ses mains sur sa poitrine et ferma les yeux. Alors il parut en paix et si l'on avait pu faire quelques pas pour se tenir tout près de lui, on aurait reconnu les traits du petit poète. Son visage d'enfant, ses lèvres épaisses au dessin régulier. Lucie fit un calcul rapide, cet homme devait avoir une soixantaine d'années – elle n'osa pas interroger Bah. Il avait donc connu la guerre, les bombardements, les villes vidées de leurs habitants, les emprisonnements et les tortures, tous les crimes commis durant des années. Il avait forcément traversé tout cela et s'en était sorti. Un miraculé. Ou alors...

— On ne parle jamais de tout ça, de ces années noires. Elle est finie, la guerre et il faut penser à autre chose, c'est comme ça. Et ceux qui ont tué, s'ils sont encore vivants, on les ignore, il faut les laisser tranquilles. Les dieux décideront, les esprits seront d'accord avec les dieux, ou pas. Tu sais que mon père que tu vois là a été un grand poète ? Si tu veux je te montrerai quelques livres, ceux d'autres poètes, les siens, il les a toujours gardés. Il dit qu'il les a cachés dans un lieu secret, parce que c'était ce qu'il avait de plus précieux.

— Plus précieux que vous ?

— Sans doute. On ne sait jamais trop, avec les pères.

Lucie rencontra ce jour-là la mère et le frère de Bah, à l'intérieur de la maison on lui offrit un thé très fort et un peu amer, elle parla peu, sourit beaucoup, se fatigua. La mère avait enroulé un sarong gris autour de sa taille, Lucie la trouva très vieille et très petite − une poupée asiatique chiffonnée, un peu chancelante, si fragile. Elle se demanda comment le tissu pouvait tenir sur un corps si frêle, par quel arrangement secret il pouvait accompagner les mouvements encore agiles de cette femme.

— Mon père les a laissés plusieurs années, ma mère et mon frère, expliquait Bah. On dit qu'il vivait à des kilomètres d'ici, personne ne savait où exactement. On parlait d'une forêt, vers le nord. Puis il est revenu, et ensuite je suis née. De son retour, ma mère a simplement dit un jour que c'était... inespéré. C'est le mot, n'est-ce pas, pour une chose qu'on n'attend plus, qu'on pense impossible ? Je n'ai jamais beaucoup parlé avec mon père, je crois que mon frère le connaît beaucoup mieux que moi. Ici tout le monde dit qu'ils se ressemblent et que ça ne devrait pas être ainsi, qu'il devrait y avoir une grande différence afin qu'on s'y reconnaisse. Mais mon frère a de bons yeux, lui !

Puis le soleil commença à baisser dans un ciel immaculé, la nuit tomberait brusquement comme d'habitude. Lucie dut regagner son hôtel pour reprendre ses bagages.

— Je t'accompagne ! lança Bah.

Ensuite... bien sûr, il y eut cet embouteillage sur la route principale à la sortie du village, qu'aucune des deux femmes n'aurait pu prévoir. Les voitures et les autocars enchevêtrés, les vélomoteurs partout, les invectives et les coups de klaxon, les vociférations du chauffeur, ses mains qui frappaient le volant, les questions inquiètes de Lucie à l'arrière du véhicule. Il y eut aussi cette phrase de Bah, *on va retourner prendre ma Vespa, sinon tu rateras ton avion.* Juste ces quelques mots-là, prononcés d'une voix confiante et sans inflexion particulière, et qui allaient cependant tout arrêter.

La voiture fit demi-tour, puis de retour chez elle, Bah courut vers l'arrière de la maison.

— Mais qu'est-ce que vous faites ? demanda son frère, sorti sur le pas de la porte − Lucie remarqua une nouvelle fois sa petite taille et son début d'embonpoint.

— Laisse, cria Bah. Elle va rater son avion, sinon. Avec la vespa, on a juste le temps.

Alors dans l'ombre noire où il se trouvait, du fond de ce monde où il aimait tant s'enfermer et qu'on l'oublie, Tom ouvrit les yeux et se redressa en s'appuyant sur les mains. Son dos devint très droit, son cou s'étira, il ressembla à un être aux aguets, bloqué dans l'attente de quelque chose d'important. Mais personne ne prêta attention à lui.

Lucie monta derrière Bah et se serra contre elle. Elles s'arrêtèrent devant l'hôtel, Lucie courut prendre sa valise et l'installa comme elle le put sur la vespa.

— Ça tiendra, dit Bah. Ça tient toujours. Allez, monte, fais-toi vite une place.

Quelques voitures les doublèrent sûrement, quelques personnes au bord de la route purent les remarquer, un policier en faction, une femme avec ses enfants, quelques vieux hommes en conversation. On pourrait les interroger, leur demander à quoi ressemblaient les deux jeunes femmes juste avant l'accident. Si elles paraissaient heureuses d'être ainsi ensemble l'une contre l'autre, ou déjà tristes à l'idée de se quitter. Si Lucie s'accrochait bien à la taille de Bah, si le pneu arrière de la vespa n'était pas écrasé par le poids de la valise.

Mais c'était une très petite valise, pas grand-chose.

Bien sûr Bah roulait aussi vite qu'elle le pouvait, elle n'était pas si patiente et bien sûr, il se mit à pleuvoir alors que ce n'était pas la saison. Un nuage plus gros que les autres, plus noir, installé au-dessus des deux femmes et qui creva d'un coup, pour inonder la route.

— Le temps est déréglé en ce moment, disaient les gens du pays. C'est la saison sèche et voilà qu'il pleut !

Alors le reste ne fut pas si étonnant. Le dérapage sur la chaussée inondée, le cri de colère de Bah et son poids sur un côté du guidon, tout son poids de jeune asiatique bloqué sur l'espoir insensé d'un redressement. L'avant de la vespa heurta la roue de l'autocar qu'elle était en train de doubler, le chauffeur tourna la tête. Sous le choc, le corps de Lucie fut projeté en arrière, celui de Bah fut traîné un moment sur la route, la valise fut ouverte et l'on vit sur la chaussée un désordre de vêtements épars, que l'on considéra plus tard comme un résumé de cette tragédie. Il faut ajouter les coups de frein tout autour, les regards effarés, la circulation arrêtée, les traces de pneus. Puis la sirène, ce bruit aigu dans le paysage. Un bruit à faire peur, à se dire que l'histoire aurait quand même pu finir autrement. Bah aurait quitté Lucie à l'aéroport, celle-ci aurait couru jusqu'à la sécurité puis serait entrée dans la salle d'embarquement. Elle n'aurait même pas senti le froid du terminal, se serait frayé un chemin parmi un groupe de voyageurs chinois surpris par sa hâte. Tandis que de retour chez elle, triste d'avoir laissé si brutalement son amie à l'aéroport, un peu perdue, Bah aurait remarqué le sourire de son père, à peine perceptible dans l'obscurité du sous-sol. Elle s'en serait étonnée, car le visage qu'elle connaissait s'en trouvait tout à coup modifié.

Seulement le nuage se trouvait là et l'on peut rapprocher sa présence de celle de Tom, il y avait très longtemps, auprès de l'arbre sur lequel il avait fini par tirer, parce qu'il disposait encore de quelques balles dans son arme et que sa colère était immense. L'arbre aurait dû vivre très longtemps encore, ses racines auraient dû poursuivre leur ascension, se répandre encore sur la pierre pour la parasiter – ou l'embrasser, c'est selon. C'était ce qui était prévu, c'est ce que font les autres. Mais il y eut Tom. Sa silhouette tout à coup, son costume noir, sa casquette. Il se trouvait là, venait de tuer un homme à l'intérieur du temple. Il y eut alors les trois coups et cette blessure qui fit mourir l'arbre, ensuite. Car on dit qu'il finit par être abattu parce qu'on ne pouvait plus rien faire pour lui. On n'a pas la date exacte mais on sait qu'il fallut beaucoup de temps pour détacher de la pierre tout ce qui l'entravait, que ce fut une opération très délicate. On dit qu'ensuite, le temple prit une autre allure sur sa face nord, qu'il sembla plus neuf et beaucoup moins torturé, moins chargé de mystère et d'histoires anciennes à dormir debout. On dit même que la pierre avait gagné la partie d'une certaine façon sur la végétation, du moins à cet endroit-là. Ce qui rendait l'édifice plutôt original, comparé aux autres.

Si l'on s'approche et qu'on observe le sol, on peut encore voir, en écartant les herbes sauvages ce qu'il reste de l'arbre : quelque chose de rond avec une surface très lisse parcourue de lignes courbes, à peine un semblant de relief. Un souvenir.

Ils affirment que les murs gardent la mémoire des choses et qu'il en va ainsi des arbres, ils ont raison. Ils ont établi un périmètre de sécurité et installé des barrières. Ils ont coupé mon tronc à la scie électrique, ils pensaient faire là un acte définitif mais n'ont pas tout effacé. Ils redoutaient ma chute, en avaient calculé la trajectoire – ils savaient ce qu'ils faisaient. Je suis tombé là où ils le voulaient, en un grand fracas, ils se sont alors félicités. Mais ils ont oublié mes racines les plus profondes. Celles qui courent à l'intérieur de la terre et sortiront un jour, c'est sûr. C'est là que se trouve la mémoire attachée à toute cette histoire. Des chiffres et des noms, des faits, tout ce qui ne peut pas être remis en question.

Les dates d'abord, l'écrivain et cette femme serrée dans son pantalon collé aux cuisses sont arrivés devant le temple un 17 décembre et les petits soldats en costume noir sont apparus ici un 9 janvier, je ne peux pas me tromper. Que ces derniers demeurent en enfer, où Yama le premier mort parmi les hommes les attendait avec sa tête de taureau ! Ses deux chiens à la gueule de loup les ont accueillis devant les portes et qu'avaient-ils à prétendre pour leur défense ? Ils ont dit soit, nous avons tout détruit, mais nous pensions... nous étions convaincus de... il faut croire que... on dit qu'ils avaient détruit les films, brûlé toutes les pellicules et que le cinéma Hemakcheat ressemblait à un palais en ruines. Ils avaient assassiné tous ceux qui y travaillaient et que pouvaient-ils avancer, quel argument raisonnable pour se défendre ? Que les deux chiens de l'enfer réduisent une nouvelle fois leur corps en lambeaux et que leurs cris désespérés traversent la terre pour l'éternité, qu'on les entende encore aujourd'hui jusque dans les villages !

 Alors le petit poète qui m'a blessé vivra de son côté son yama secret, qui pourrira ses jours et ses nuits et lui fera gratter sa peau des pieds jusqu'à la tête, à se faire saigner. Et son fils le médecin n'y

pourra rien, arrête ! lui dira-t-il, arrête de te torturer comme ça ! Mais l'autre ne l'entendra pas et ses ongles meurtriront sa chair.

Seulement...

Je ne suis pas certain que le poète ait existé, peut-être ai-je imaginé des choses... parfois les arbres se fabriquent des plaies qui ne guérissent pas et parfois l'on invente des histoires. Il y a cet homme qui lui ressemble, en tout cas et je connais son nom.

Le poète Khun Srun est né dans la province de Takéo et son père était Chinois. Sur la couverture de son livre paru aux éditions du Sonneur, il tient son enfant sur un bras, comme le faisait Tom. La photographie est visiblement abîmée, personne n'en a pris soin, on remarque quelques traces de déchirure sur les côtés. Khun Srun a cet air de demander ce qu'on lui veut, pourquoi exactement on le fait poser ainsi, avec sa femme et son fils. Sans doute n'est-il pas à l'origine de cette séance chez le photographe. Plus tard, le couple aura un autre garçon puis une fille, ils seront tous assassinés sauf cette dernière enfant. Elle s'appelait Khem, avait neuf ans à cette époque et que fait-elle aujourd'hui, quel est son métier, quelle vie mène-t-elle ? Si l'on fait un calcul rapide, elle a à présent un peu plus de quarante ans. Quel souvenir a-t-elle gardé de son père ? Que lui a-t-on dit sur lui ? Elle doit savoir qu'il écrivait des poèmes et l'on peut supposer qu'elle a lu ce livre-là, qui raconte sa vie en prison durant sept mois, son souci de manger et de dormir suffisamment, son admiration pour un personnage de Camus, en prison lui aussi. Et ce quartier de lune entre les barreaux de la cellule – *la nuit du septième de la quinzaine claire*, écrivait-il pour s'y reconnaître. Mais pour le reste, que sait-elle au juste de ce père qu'elle n'a pas connu ?

Khun Srun fit deux séjours en prison en tant que dissident politique, le premier en 1971, comme Tom et peut-être se sont-ils croisés cette année-là, dans un miroir abandonné dans la cellule par inadvertance. Ou déposé en évidence auprès d'eux, exprès pour les troubler. Alors Tom aura observé Khun Srun avec son drôle de regard myope et aura été frappé par la ressemblance. Le même teint pâle, les mêmes cheveux noirs, le même air de ne pas savoir ce qu'on lui veut, à le regarder ainsi. Le même âge aussi, sûrement.

— Toi aussi tu cours après un monde meilleur ? Parce que moi, je…

— On ne dit pas *je* chez nous, tu le sais. Ce n'est pas notre façon de voir les choses dans notre pays, veille un peu à ton langage. Et fais attention à tes lunettes, tu pourrais les perdre et ne plus rien y voir.

Devant le miroir, Tom aura alors fait une drôle de grimace, le genre de grimace qui déforme le visage des hommes à la fois tristes et courroucés et il se sera redressé, prêt à lancer un défi.

— Toi aussi tu t'en iras dans la jungle rejoindre les soldats vêtus de noir et tu tueras, je connais ta vie. Il paraît que tu ne vaux pas mieux que moi et c'est étonnant, tu étais si pur. Tu écrivais de si beaux vers, j'ai lu tes poèmes comme tu as dû lire les miens.

— Je ne voulais pas être écrasé. Toi non plus. Tu as une autre explication ?

Après sa libération, le poète Khun Srun à l'esprit tout rempli d'idéal a en effet rejoint l'armée des Khmers rouges et sur ses actes parmi ces hommes, on ne sait rien de précis. On peut tout imaginer. On a conservé tant d'images insoutenables dans les archives, lu tant de témoignages. Comment un poète peut-il devenir le soldat du Diable, à tout juste vingt-huit ans et s'engager dans cette guérilla désespérée ?

— Je sais, tout le monde cherche des explications à tout, répondra Tom si on l'interroge ainsi et qu'il accepte de parler. C'est épuisant, à la fin. Notre Frère numéro 1 lisait Rimbaud et Vigny, le numéro 2 avait marché sur les quais de la Seine en récitant des poèmes, moi j'ai lu Camus et Soljenitsyne, comme Khun Srun l'a fait… peut-être que la littérature nous égare, avec le reste. Et laissez tomber Yama le roi des enfers, il n'existe pas, ses chiens non plus.

Tom vit encore, la plupart du temps couché au fond d'une cour et quasi absent au monde. Ses yeux de Chinois ne distinguent plus que des ombres, le monde autour de lui est devenu gris et brun, comme sali puis délavé et quand tout remue parce que le vent s'est levé ou que quelqu'un vient, alors il est perdu. Son cristallin recouvert d'un voile quasi opaque l'a privé de toutes les couleurs qui l'enchantaient autrefois, il ne comprend même plus le vert des arbres. C'est là une existence peu enviable et certains diront que c'est bien fait, qu'il existe une justice dans les destins, à laquelle on ne peut échapper. Khun Srun a eu une vie beaucoup plus courte, lui. Le 23 décembre 1978 – il a trente-trois ans – il est arrêté par ses Frères qui n'étaient pas ses frères, avec sa femme et ses deux fils. Ils seront tous assassinés.

— Vous voyez bien que nous ne sommes pas identiques lui et moi, dira Tom. Laissez-moi donc en paix, j'ai assez à faire avec les mauvais jugements et les regards torves de ma voisine, quand elle traverse la cour en pressant le pas. Elle se tait mais je sais bien ce qu'elle pense. C'est elle qui est venue nous avertir, pour l'accident de Bah et elle avait l'air plutôt contente. Mais elle s'en est sortie, notre fille. Alors, que demande-t-elle encore cette vipère, quel châtiment ?

Le livre de Khun Srun est paru en 1975 dans son pays, en 2018 il est sorti en France et dans l'un des deux terminaux de l'aéroport de Siem Reap, à trois cents kilomètres de Phnom Penh, Annie vient de le sortir de son sac. La couverture est jaune, avec une photographie en noir et blanc. C'est ce cliché qui l'a attirée au point relais de Roissy, alors qu'il y a dix jours elle s'apprêtait à prendre son vol pour le Cambodge. Le drôle de regard du petit homme, la posture de l'enfant. Elle n'a pas fait trop attention au titre. Elle a commencé sa lecture dans l'avion pour Siem Reap puis s'est endormie, bercée par le bruit de l'avion. Ensuite elle a observé un moment la mer de nuages sous un ciel très pur, a regardé un film sur l'écran placé devant son siège, a pensé à autre chose. Là-bas elle a visité des temples qui se ressemblaient, s'est égarée dans la contemplation des parois sculptées, s'est penchée, a contemplé un visage, un pied. Elle a pris un drôle de train comme un jouet d'enfant, un bateau à moteur conduit par un vieux Vietnamien très indifférent. Elle a déjeuné à même le sol dans un restaurant sur pilotis et ses cuisses sont devenues douloureuses. Elle a contemplé les rizières à sec étalées devant elle, vierges de toute présence humaine, a pris en photo des arbres envahissants aux racines géantes, qui mangeaient la pierre. De quoi parlait ce livre qu'elle n'a pas fini ? Elle lit peu et oublie facilement ce qu'elle a lu. C'est chaque fois la même chose, on l'interroge et elle ne sait plus. Cette fois encore... elle pourrait parler d'un emprisonnement politique, de cela elle est sûre. D'un homme encore très jeune et très malheureux qui se nourrit de bananes dans sa cellule, appréhende les interrogatoires et joue aux échecs avec l'un des gardiens. Elle se souvient de cela, d'une drôle de nourriture, obsessionnelle et d'une sorte de complicité de pauvres. Elle aimerait finir le livre à présent qu'elle s'en retourne chez elle et qu'on n'en parle plus, qu'elle puisse le poser quelque part à son retour et l'oublier.

A-t-elle le temps de lire une phrase, une seule avant de ranger de nouveau le livre dans son sac ?

Au micro une hôtesse réclame une passagère, le message est en anglais, il lui semble entendre ce prénom, Lucie.

Liouci, dit à peu près la voix.

Lucie signifie lumière, se dit-elle machinalement, en levant les yeux.

À cause de l'accent de l'hôtesse, ou d'un micro mal réglé ou les deux, le nom qui suit le prénom est incompréhensible. Annie est chaque fois troublée, quand une voix dans un aéroport appelle ainsi un voyageur en retard. Elle imagine immédiatement une tragédie, une place affreusement vide dans l'avion et des personnes qui attendent pour rien à la fin, quand l'avion a atterri. Des silhouettes immobiles derrière une barrière ou des portes vitrées, un peu anxieuses puis désespérées, collées les unes aux autres.

Et puis non, bien sûr que non.

Là où Annie se trouvait durant son séjour, les divinités en ronde-bosse souriaient et elle n'y a vu aucune malice, aucune ironie.

— Le monde n'est pas si sérieux, semblaient dire les visages sculptés dans la pierre.

La voix au micro a appelé de nouveau Lucie Duchesnes et Annie a entendu le nom plus distinctement, cette fois. Elle a regardé autour d'elle, puis vers le fond du terminal, là où s'alignaient les distributeurs de boissons. Deux voyageurs marchaient lentement l'un à côté de l'autre, un gobelet à la main. Elle s'est demandé s'ils voyageraient en même temps qu'elle, a trouvé cette question stupide. Puis elle a rangé le livre dans son sac et dans quelques minutes elle s'installera dans l'avion qui la ramènera à Paris, où personne ne l'attend, sinon son chien qu'elle s'empressera sûrement d'aller récupérer chez sa voisine. Il lui a tant manqué.

—Je ne te quitterai plus jamais, lui dira-t-elle en plongeant son visage dans les poils.

On peut aussi revenir en arrière, parler du séjour d'Annie. Son guide s'appelait Sam et elle se dit, quand il se présenta la première fois, que c'était là un drôle de prénom − trop simple et sûrement inventé à la demande de l'agence. Il parlait un français rudimentaire, traînait sur chaque mot, se reprenait et Annie s'épuisa à l'écouter. Et puis elle finit par le trouver attendrissant avec son foulard imprimé à petits carreaux, ses cheveux noirs très raides, les histoires interminables de divinités qu'il récitait les yeux à demi fermés.

— Vous avez une femme, Sam ? une fiancée ? lui demanda-t-elle le deuxième jour.

— Une qui me plaît, oui. La blonde qui vous a servi votre petit déjeuner, à l'hôtel. Elle est française, comme vous. Mais elle a un copain, c'est foutu.

— Fichu. On dit plutôt fichu.

Sam savait tout des temples et ne comprit jamais, ni le premier jour, ni le second, ni les autres, que tout cela ennuyait Annie à mourir. Qu'elle aurait préféré marcher au bord des rizières et se baigner dans le lac comme le faisaient les enfants, plonger dans le fleuve et nager jusqu'aux maisons des Vietnamiens qui flottaient sur l'eau. Ce qui n'était pas raisonnable, pas prévu par le circuit.

— On m'a offert ce voyage pour ma retraite, expliqua-t-elle à Sam le premier soir. C'était mon cadeau au Ministère, je ne pouvais pas refuser, ils avaient l'air tellement contents. Je dois prendre des photos, pour leur montrer à mon retour. Oui, il faudra que j'aille les voir, que je retourne dans mon service. Je crois que tous les retraités font ça, quelques visites de courtoisie, pour faire plaisir.

— Mais c'est un très beau cadeau qu'ils vous ont fait !

— Bien sûr. Ils se sont cotisés, ils ont dû être nombreux à participer, ça me touche d'une certaine façon… vous aussi vous croyez à ces histoires de karma, Sam ?

— Bien sûr. Et puis dans une autre vie…

— Dans une autre vie, vous retrouverez cette jeune femme blonde qui vous plaît !

Sam eut un sourire triste, il se détourna et Annie regretta sa question. Les histoires d'amour… se dit-elle et la chanson mille fois entendue à la radio vint tourner en boucle dans sa tête, chassant les bruits.

— Je vous attends dehors, disait Sam chaque fois qu'il conduisait Annie dans un restaurant. Profitez bien de ce repas, reposez-vous. Ils ont des ventilateurs, vous verrez, c'est très agréable.

Annie avait l'habitude de manger seule, elle appréciait ces repas avec elle-même, où au milieu des salles bruyantes, elle pouvait se laisser aller à ses pensées, toujours confuses. À ces moments-là, ses regards traversaient les personnes attablées près d'elle, ils parcouraient l'espace encombré de silhouettes mouvantes, de voix plus ou moins fortes, de paroles plus ou moins compréhensibles et se heurtaient doucement aux murs. Elle aimait plus que tout ce vagabondage, cette liberté qu'on lui octroyait. Ensuite il lui fallait se lever, regagner la vie ordinaire où l'on s'étonnait de sa solitude, où on lui demandait d'un air entendu si elle était vraiment heureuse sans homme, sans enfants. Juste toi, lui disait-on dans son service. Comment fais-tu ? Bien sûr on peut t'envier par moments, avec cette liberté que tu as. Mais quand même, vivre seule.

Elle poussait la porte des restaurants ou des brasseries, lançait un adieu timide aux serveurs en faisant mine de se retourner et alors, il lui fallait faire face. Affronter ce qu'elle appelait *le dehors.* Ses questionnements et ses incompréhensions, les remarques des femmes quant à la nécessité d'avoir un homme auprès de soi. Comme une gifle dans le cours de sa vie.

Arriva cet instant, différent des autres car il laissa une trace. Annie pourrait le décrire précisément, en retrouver le déroulé exact.

— Je sortais du restaurant, le ciel s'était voilé alors que j'étais à l'intérieur et c'est la première chose que j'ai remarquée, cette modification dans la lumière du jour. L'une des serveuses était penchée sur un parterre d'herbes et de feuilles hautes qui bordait la cour, j'ai pensé qu'elle cueillait quelques aromates pour la cuisine. Lesquels, je ne savais pas et quelle importance, ils mettent tant de choses dans leurs plats. Mais j'ai cette image. Le corps penché de la serveuse, sa jupe noire. Un couteau à la main peut-être, ou des ciseaux. Et cette végétation disciplinée, pour une fois.

— Il faisait encore plus chaud, aussi. Comme si l'on avait allumé un chauffage, là-haut. Leurs dieux, vous savez. J'ai eu du mal à avancer avec mes sandales, il y avait du gravier sous mes pieds et sur ce point je suis formelle, ce n'était pas de la terre comme partout ailleurs, mais un gravier très clair, plutôt fin et qui faisait un bruit particulier sous mes pas. Oui, c'était une jolie allée bordée de végétation, de fleurs aussi. Quelque chose de coquet, des taches colorées que je n'avais pas remarquées en arrivant. Un lieu accueillant, qui m'a plu tout à coup. Une sorte de sas pour me rassurer, retarder le moment.

— Et puis les hamacs, à ma droite. Peut-être cinq, six hamacs suspendus, à l'écart de la lumière du jour. Je n'y avais pas prêté attention en arrivant. Ces choses en tissu toutes prêtes à se balancer sous un petit toit de paille, une ombre fraîche, sûrement. Comment tient-on en équilibre sur un hamac ?

Puis Annie parlerait des voix entendues, qui lui firent tourner la tête – surprise et amusée en même temps.

— Les deux ! insisterait-elle. Une histoire de rouge à lèvres, c'était insolite dans cet endroit où l'on ne parle que des rois et des dieux. Oui, une remarque sur la couleur d'un rouge à lèvres. *J'aime beaucoup cette* couleur, disait celle qui parlait. Les deux femmes que j'ai vues alors étaient jeunes, il me semble que l'une d'elles faisait partie des guides. C'est ce que j'ai compris, sur le coup. On les reconnaît vite, à leur façon de se tenir, d'être à l'aise sous ce climat. Mais en fait je ne sais pas trop, est-ce si important ?

— L'autre était blonde, j'ai remarqué ses cheveux. On s'attache à des détails, c'est étonnant. Elles semblaient si proches l'une de l'autre. Très différentes, pourtant. Et puis j'ai continué mon chemin, fait quelques pas encore, il fallait bien. Sam m'attendait, immobile. J'ai remarqué qu'il n'avait plus son foulard, peut-être l'avait-il laissé tomber dans l'une des allées.

— Vous mangez toujours seule, m'a-t-il dit. C'est triste.

Dans l'avion qui vole vers Paris, les lumières ont été éteintes et Annie s'est endormie. Le livre de Khun Srun se trouve à l'intérieur de son sac, sous ses pieds, là où il fait froid. Mais il ne risque rien à cette place et si l'avion traverse quelque perturbation, il ne bougera pas. Restera bien calé. Et il faut ajouter un détail, il s'agit du fauteuil d'Annie, qui ne veut pas s'incliner. Elle a tout essayé, le mécanisme doit être grippé. Ou alors elle s'y prend mal, ce qui est possible. Elle n'a pas osé déranger les hôtesses. Dans ces conditions elle a beau s'être endormie, de loin on peut penser qu'elle fait partie des insomniaques, de ces voyageurs qui ne parviennent jamais à plonger dans les rêves quand ils se trouvent trop haut dans le ciel. À la voir ainsi assise, le dos droit, c'est à s'y méprendre.

Épilogue

Pourquoi ai-je parlé d'Annie ? Sûrement parce qu'elle me ressemble, d'une certaine façon. Mon guide s'appelait Sam lui aussi, mais il parlait un français parfait. Avec quelles paroles de chansons avait-il appris ma langue ? Je ne m'en souviens plus, ce n'était pas les CD de Téléphone, il s'agissait d'un autre groupe. Indochine, peut-être.

— À force de répéter, disait-il.

Moi aussi comme Annie, j'ai fait ce voyage en solitaire au milieu des groupes de touristes et j'ai pensé que tous les temples se ressemblaient, que je n'arriverais jamais à les reconnaître. Et moi aussi, j'ai trouvé les explications de Sam interminables. J'ai mélangé les dieux à trois têtes et quatre bras et les dates, les souverains aux noms imprononçables. J'ai eu chaud dans mon pantalon et mon T-shirt à manches longues, j'aurais voulu une robe légère comme celle de Clara, un lit sur une terrasse à l'ombre, un hamac sous un toit en paille, un éventail géant pour me rafraîchir et la disparition définitive de toute marche d'escalier, de toute allée de terre écrasée de chaleur.

Je crois que je n'ai aimé que les arbres, dans ce désordre de figures et de récits, de lettres et de syllabes enchevêtrées. Les arbres et les promesses lentes des rizières.

Et j'ai déjeuné seule en regardant les murs dans le vacarme des salles, mais parmi les guides couchés sur les hamacs à la sortie des restaurants, je n'ai jamais rencontré Bah. Je n'ai pas vu Lucie, non plus. Comment l'aurais-je reconnue ?

— Lucie signifie lumière, disait Claire. Mon frère aurait adoré ce prénom, je crois que c'est d'abord pour lui que Laurence l'a choisi. Comme une petite bougie, vous voyez. Tout le monde fait ça, les bougies allumées. Moi je n'étais pas emballée, j'aurais choisi autre chose. Un prénom en a, par exemple. Ou un nom de fleur.

Claire avait cet air de tout savoir sur tout, que je lui connaissais bien. Elle disait cela, cette histoire de prénom, elle parlait de sa nièce au prénom de lumière à l'intérieur de cette histoire que j'avais inventée et si je laisse aujourd'hui ces paroles s'échapper de mes pages, si je les présente comme vraies, c'est parce qu'on finit par croire à ce que l'on écrit, à force. Ou alors c'est moi.

Je suis retournée en Normandie au mois d'avril, après le départ de Manuel – que le diable l'emporte et lui brûle les pieds, qu'on jette son corps que j'ai tant aimé sous les pattes d'un éléphant furieux ! et j'ai rouvert la maison. Je n'ai eu aucun mal à ouvrir la porte, la serrure était visiblement intacte et je m'en suis étonnée. Puis j'ai pensé que cette maison m'attendait avec impatience, que c'était la raison. Comme un signe qu'elle me faisait. Une facilité d'accueil.

Il m'a fallu tout nettoyer, les fenêtres et les murs, mon chagrin aussi – un peu. La mer avait fait son travail de sape et si elle avait épargné la serrure, elle avait attaqué les peintures, laissé son odeur partout, sur les fauteuils, les rideaux et les portes grinçaient – des sortes de plaintes insupportables. Il faudra que je fasse vérifier le toit, que j'appelle pour qu'on répare un volet, qu'on nettoie le jardin envahi de mauvaises herbes.

Il était temps que je revienne. On dirait que la mer en veut aux maisons, par ici. On a beau s'imaginer qu'elle abandonne la partie chaque fois qu'elle se retire, elle est tenace et à chacun de ses retours, tout recommence.

Il m'a fallu aussi refaire les lits, aérer l'intérieur des armoires et remplir le frigidaire. Le *8 à Huit* a changé de nom, c'est un Carrefour City et l'on y a mis des gérants, très jeunes. J'ignore ce qu'est devenue la patronne que j'ai connue autrefois. Son gros fils passe de temps en temps à la télévision, il a écrit un livre sur l'histoire de sa vie, ses débuts dans le monde du cinéma, ses amours et ses amitiés, a cité toutes ses connaissances. Du beau monde. Il paraît aussi que le cinéaste qui vient souvent dans la région a une nouvelle femme, brune cette fois, pour changer. Je ne les ai pas encore vus tous les deux.

— Ils viennent ici pour les pâtisseries, vous les croiserez.

— Chez Claire ?

— Elle a revendu, Claire. Tous ces drames... son frère autrefois, et puis son mari maintenant. Le gendarme, un sacré accident. Vous ne saviez pas ? Et tout près d'ici, comme quoi... Il y a des familles qui n'ont pas de chance... vous avez toujours votre maison, alors. Ici, on pensait que vous alliez la vendre. Comme on ne vous voyait plus, que les volets restaient fermés… et dites, on se demandait, vous écrivez toujours ?

— J'essaye. J'ai quelque chose à relire, là. Une centaine de pages, ce n'est pas gros. J'avais besoin d'être au calme, de voir la mer. Mais tout le monde écrit aujourd'hui, vous savez. Je ne m'en vante pas, j'évite. Oubliez ça.

— En tout cas à la confiserie, les nouveaux propriétaires ne plaisent pas trop aux clients, ils ont beau faire… c'est leur vendeuse qui est désagréable, paraît-il. Une bêcheuse, qui dit bonjour quand ça lui chante et envoie promener ceux qui s'impatientent. Nous on ne s'en rend pas compte, on est toujours bien servis. Et on n'y va que le dimanche, pour le gâteau.

— Le même ? Le gâteau de Claire ?

— Bien sûr. Il y a des choses sacrées, quand même. On n'y touche pas. Vous la connaissiez bien, Claire, n'est-ce pas ?

— On parlait beaucoup. Elle est plutôt bavarde, moi aussi.

On m'a dit que Claire était repartie à Rouen, où elle a plusieurs cousins. Et sa belle-sœur Laurence, surtout.

Je me suis demandé quel âge pouvait avoir aujourd'hui la femme de Paul Duchesnes et si elle avait rencontré un autre homme, si elle avait fini par oublier le beau capitaine disparu au Cambodge, si elle avait eu des enfants. Je ne connais pas cette femme, je ne l'ai jamais vue ou peut-être l'ai-je croisée un jour du côté de la rue des Bains, sans savoir qui elle était. Mais je lui ai inventé une fille, que j'ai fait disparaître au milieu d'une route à des milliers de kilomètres d'ici et j'espère qu'elle ne lira jamais cette histoire, si elle est publiée. Je lui ai offert un enfant et je l'ai tué, sans lui demander son avis, sans me soucier de la peine qu'elle pourrait avoir en apprenant ce drame impossible, cet accident qui n'existe encore que sur une feuille A4 et qui lui glacerait le sang.

On prend un morceau de la vie des gens – des personnes qu'on a croisées, aperçues de loin ou dont on a entendu parler. On s'empare de leur image, de ce qu'on sait d'elles, on fabrique le reste devant un écran d'ordinateur, les doigts sur un clavier qui s'octroie toute liberté et a-t-on vraiment le droit de faire des choses pareilles ? Avais-je le droit d'offrir à Claire une nièce au nom de Lucie et de faire mourir cette jeune femme dans un accident, au bout du monde ? J'avais commis un crime, l'air de rien et dans ces conditions, peut-être étais-je pour quelque chose dans la disparition, réelle celle-là, du gendarme. À bien réfléchir, j'avais pu sans le vouloir montrer une direction au destin, lui dire où aller s'il cherchait un moyen facile de se distraire, et c'était effrayant. Cette responsabilité que j'avais peut-être était affolante.

— Dites, m'a lancé Claire, un jour où nous parlions de nos vies, vous me mettriez dans un de vos livres ? Ça m'amuserait. Et vous parleriez de la boutique, tant qu'à faire, ça me ferait de la publicité. Quoi qu'en ce moment, des clients j'en ai à revendre, regardez-les qui font la queue pour les gaufres sur le trottoir. Le boulanger en fait une maladie, vous verriez sa tête ! la jalousie, ça vous déforme un visage.

J'ai demandé en arrivant des nouvelles du pharmacien, je ne sais pas trop pourquoi. Cet homme m'était indifférent, dans le fond. Il faisait partie du paysage, de cette rue des Bains que j'avais si souvent arpentée, qui va du temple jusqu'au casino. En passant devant l'officine, il m'avait semblé voir aux côtés de cet homme, derrière le comptoir, une femme que je ne connaissais pas.

— C'est son épouse. Toujours la même ! vous avez de ces idées, vous. Mais c'est qu'elle s'est fait teindre les cheveux, ça la change. Et ça lui va bien, on dirait qu'ils sont de nouveau amoureux, tous les deux. Vous les verriez quand ils se promènent !

Une nouvelle coiffure et deux silhouettes collées devant la mer, l'empreinte de leurs pas sur le sable…une phrase lue je ne sais plus où m'est revenue :

La vie est simple et gaie.

Mais les mots m'ont échappé, ils sont allés se perdre vers l'horizon et je n'allais pas non plus courir après.

J'ai posé mon manuscrit sur la table de la cuisine passée à la Javel, encore imprégnée de propre. Une place d'honneur, tout compte fait. Je ne savais plus trop s'il était terminé, il me semblait qu'il lui manquait d'autres pages, qui avaient dû vouloir exister et étaient allées s'égarer dans ma tête avant de disparaître. De loin, je ne trouvais pas une grande allure à ces feuilles, le tas qu'elles formaient était peu épais, encore fragile. Une chose chancelante, pas vraiment finie. Je verrais, j'avais le temps. Cette région invite à la paresse et rien ne me retenait à Paris.

— La mer, ça inspire tout le monde, disent les gens du coin. Surtout celle-là qui s'en va jusqu'aux falaises, de l'autre côté. C'est pour ça qu'on a du monde. Des peintres, même. On a de plus en plus de peintres qui viennent avec leurs couleurs, Honfleur ça ne leur suffit plus.

J'ai changé de chaussures et suis descendue à la plage. La maison est voisine du temple, de mes fenêtres j'aperçois les nappes immenses de sable, les promeneurs en contre-jour et les îlots à perte de vue, quand la mer est basse. Comment ai-je pu me passer de ces paysages ?

— On gèle dans ta région, disait Manuel en se frottant les mains l'une contre l'autre. C'est l'humidité, sûrement. Et cette mer qui fiche le camp...

Certains jours, je me dis que Manuel m'a quittée à cause de la Normandie, qu'il détestait. Que je ne suis pour rien dans cet abandon, que c'était une chose qui devait arriver, à cause des coquillages nacrés et des méduses blanches, de l'eau glacée en plein été et qui change de couleur selon les heures. À cause des perspectives immenses et des couchers de soleil qui repeignent l'horizon, à cause des concours de châteaux de sable, du club Mickey sur la plage, de la terrasse du casino et du jeu de la boule à cinq heures pétantes. Il existe des lieux magnifiques et tendres qui provoquent la fuite, sûrement et je ne suis pas née ici, de toute façon. Et puis je réalise à quel point ces explications peuvent être stupides. Manuel m'a quittée pour une autre femme qui s'est un jour trouvée sur notre chemin, c'est aussi simple et aussi désastreux que cela. Et c'est ce qui crée une ressemblance entre Annie, Lucie et moi. Cette solitude qui s'est emparée de nous.

Le sable était encore trempé, il avait pris un ton au-dessus et les mouettes paraissaient en colère, comme souvent. Elles semblaient vouloir s'en prendre au vent qui commençait à se lever, aux Parisiens venus pour les vacances de printemps et les œufs de Pâques, les poules en chocolat, les lapins au ventre rempli de confiseries en couleur, les rochers pralinés géants.

Elles hurlaient avec leur cri d'oiseau des mers, j'ai levé la tête.

Je voulais comprendre. Moi aussi j'aurais voulu crier et que quelqu'un me réponde.

Je n'ai pas pensé à Tom à ce moment-là, ni à Clara ni à Paul Duchesnes ni à tous les autres, installés au chaud dans ma cuisine et trop peu vivants pour me suivre sur le sable et y laisser leur empreinte. J'ai laissé tomber cet arbre qui m'avait si longtemps accompagnée, avec ses drôles de formes. À lui aussi j'avais fait du mal. Je l'avais attaqué, coupé, privé de son tronc, de ses branches. Un vrai massacre, dont j'étais finalement peu fière.

J'ai marché le long de l'eau, vers le casino. Il me semblait qu'il n'y avait que ma mélancolie et moi sur cette plage et que ceux que je croisais – un couple avec des enfants, un chien noir qui courait vers la mer, deux joggeurs en survêtement blanc, une vieille dame sur la promenade avec une canne – étaient des figurants engagés pour la journée.

Le cinéaste devait être dans le coin, la bouche encore pleine de tarte poire-chocolat. Il allait finir vite fait son gâteau – à se damner, disait-il – venir vers moi avec sa caméra à la main, en veillant à ne pas se mouiller les pieds, et crier : moteur !

Et alors de quoi aurais-je l'air, moi, avec mes petits chagrins ?

Je peux parler encore. Quelques mots, seulement parce que l'histoire ne peut pas finir ainsi. Elle ne s'en rendra pas compte, elle est partie sur la plage, comme le font tous ceux qui viennent ici, quand ils arrivent. Ils enfilent des bottes en caoutchouc ou chaussent des baskets et s'en vont marcher sur le sable, tout droit en direction de la mer. Ils avalent de grandes bouffées d'air marin, se battent contre le vent et leurs pas s'arrêtent là où le sable est mouillé, plus sombre. Tout près de la mousse que font les dernières vagues. Ils font tous cela, à cause de la puissance de l'eau, qui fait venir les hommes. Je connais ce pouvoir, ici nous avons le fleuve et les lacs et c'est la même chose, la même attraction. Nos tortues d'eau s'aventurent loin des berges et certaines – les plus jeunes, peu averties – meurent parce qu'elles sont parties trop en avant, vers les zones plus obscures, là où l'eau les aspire.

Elle a refermé la porte et nous a laissés dans sa cuisine, tous. Les meilleurs et les pires, les vrais et les faux, ceux qui ont un nom et ceux qui n'en ont pas. Les cafards noirs dépossédaient leurs victimes de leur nom, je les ai vus faire. Ils préféraient un numéro, beaucoup plus avilissant, disaient qu'un individu n'est rien, que seul son bras compte, qui coupe le bois et creuse la terre.

Elle sait tout cela.

Elle a regardé l'heure sur l'horloge accrochée au mur, j'ignore pourquoi, puis nous a abandonnés sur ce plateau en formica qui sent le propre, exactement à cet endroit. Près de la fenêtre. Je crois que nous la fatiguons, à force mais il va bien falloir qu'elle s'y remette, qu'elle arrange son histoire. Je sais qu'elle a emporté son cahier, sur lequel elle a pris ses notes – je connais ses manies. Un feutre noir, des pages à petits carreaux. Un arbre sait beaucoup de choses, on n'imagine pas.

Je sais par exemple les chiffres dont elle n'a pas parlé, les noms.

— Je ne vais pas non plus faire une conférence, disait-elle.

Ce que je sais ? La lumière d'argent de la lune durera neuf cent mille ans et l'enfer du chaudron de fer s'étend sur soixante lieues, ce qui n'est pas rien. Quand les Khmers rouges ont définitivement rendu les armes, trois cent cinquante mille réfugiés ont pu regagner le Cambodge. Et le chef sur son vélo se faisait appeler Douch, l'horrible Douch du camp S21, admirateur de Van Gogh et de Léonard de Vinci. Un jour, un journaliste irlandais l'a reconnu, c'est ainsi qu'on a pu l'arrêter. Il disait être devenu chrétien, travailler pour le bonheur des autres. Au camp S21 se trouvait un peintre, qu'il a épargné parce qu'il aimait les portraits que cet artiste faisait de lui.

— Peins-moi encore, et encore. Applique-toi. Même si tu as sommeil même si tu as faim même si l'on t'a battu même si tu as peur.

Quant à Clara, son nom était Clara Goldschmidt, elle était juive allemande et se sentait perdue entre deux destins, ne comprenait plus son pays.

Comment comprendre ?

Je pourrais me vanter auprès d'elle de ces connaissances, insister pour qu'elle en parle dans son livre mais ce serait vain, les chiffres et les noms l'ennuient, elle m'enverrait paître. Je voudrais juste ajouter quelque chose et je pense qu'elle en tiendra compte :

J'ai parlé plusieurs fois dans cette histoire, puisqu'elle m'a offert un rôle de témoin privilégié. Elle a pensé que j'étais indissociable du décor, avec mes racines géantes, cette animalité qui est mienne. Elle s'est dit que là où je me trouvais, on pouvait difficilement m'ignorer, alors autant m'accorder une certaine importance.

J'ai parlé. J'ai dit les actes insensés des hommes, quand la haine les prend ou que les idées leur pourrissent la tête, au point qu'ils vont à l'envers de ce qu'elles exigeaient d'eux. J'ai dit leurs rancœurs, leur cruauté et les espoirs détruits, les corps meurtris, tout ce massacre et je suis revenu sur l'histoire de mon pays, si compliquée, jamais tranquille. Je ne pouvais pas faire autrement, ainsi placé au milieu de tous. Seulement il y a autre chose, il y a la lumière sur les rizières au coucher du soleil, le vert et le rose en concurrence et le sourire des enfants, même celui qui n'a qu'un œil à cause d'une mine est capable de sourire quand il arrive. Et le rire contraint des bourreaux qui ne savent plus quoi dire pour leur défense et préfèrent ouvrir largement la bouche en montrant leurs dents manquantes. Et le regard apaisé des survivants et la beauté de nos femmes, leur corps qui se ploie sous l'étoffe, le léger froissement que cela produit. Je voudrais dire tout cela, je voudrais dire que je ne me plains pas toujours et que je chante aussi, si l'on écoute bien en collant l'oreille à ce qu'il me reste de vie, on s'en rend compte. Sous la terre où poussent encore mes racines qui ne veulent pas mourir, il arrive que je chante. Doucement, en sourdine.

Je chante aujourd'hui les vivants.

C'est ce qu'il me reste à faire et c'est important. Quand elle rentrera de la plage, toute revigorée par l'air marin qui soigne momentanément les peines et même un peu les chagrins d'amour, quand j'entendrai s'ouvrir la porte d'entrée et qu'elle mettra un pied dans la cuisine en reniflant, qu'elle jettera un œil dans notre direction l'air de rien, sans doute pour vérifier que nous sommes bien là, tous, que nous n'avons pas bougé, alors il faudra que je lui en parle.

Parce que chanter les vivants est la meilleure chose que l'on puisse faire.

Bibliographie, filmographie

L'élimination, Rithy Panh.
Kampuchéa, Patrick Deville.
D'abord, ils ont tué mon père, Loung Ung.
L'accusé, Khun Srun.
Un casque bleu chez les Khmers rouges, Guillaume Ancel.
La voie royale, André Malraux.
Lazare, André Malraux.
Nos vingt ans, Clara Malraux.
L'ultime amour d'André Malraux, document, l'Express.com.
S21 La machine de mort khmère rouge, documentaire, Rithy Panh.
Bophana, documentaire, Rithy Panh.

Note de l'auteure

Les personnes existantes ou ayant existé, à qui j'ai prêté les paroles et les gestes qui me semblaient leur convenir, sont :

    L'écrivain et Clara

    L'archéologue Parmentier

    Le poète Khun Srun

    Le chef sur son vélo

    Ly Sitha et Bophana, la mère de Ly Sitha

    Sam, qui parle un français parfait

L'arbre encore vaillant se trouve dans la galerie photos de mon téléphone.

Le titre du roman est extrait d'un poème de Makhâli-Phâl, *Chant de paix* (1937).

Remerciements

À celui qui partage ma vie, lit tous mes manuscrits, les commente sans concession et m'encourage toujours.

À la bonne fée Van Gyver, qui a corrigé le manuscrit de ce roman. À son application, sa gentillesse extrême, son humour et son œil de lynx.

À Patrice, pour sa bienveillance.

Et à André Malraux, pour son œuvre.